KEITAI
SHOUSETSU
BUNKO
野いちご SINCE 2009

甘々イケメンな双子くんから、
愛されすぎて困ってます。

みゅーな＊＊

JN032098

◎ STARTS
スターツ出版株式会社

イラスト/Off

家系のしきたりで
ある日突然、双子と同居することになりました。

京留陽世　京留夜紘
×
雫野叶琳

「叶琳ちゃんから僕を求めてきたら、僕がたくさん甘やか
してあげるからね」

甘い仮面で優しく誘惑してくる陽世くん。

「可愛い……。ねー、もっと叶琳の熱ちょーだい」

甘えたがりで刺激的に攻めてくる夜紘くん。

「叶琳ちゃんのぜんぶ──僕だけにちょうだい」

「好きだけじゃ足りない。叶琳のぜんぶが愛おしくてたま
んない」

双子からの溺愛は危険がいっぱい。

甘々イケメンな双子くんから、愛されすぎて困ってます。

登場人物

京留 夜紘
（かなどめ やひろ）

京留家の双子の弟。無気力で他人にまったく興味ナシなのに、叶琳に対してだけは甘えたがりで異常に独占欲が強い。

雫野 叶琳
（しずの かりん）

しっかり者だけど恋愛にはうとい高校1年生。幼い頃に両親を亡くし、ひとり暮らしをしていたけれど、家系のしきたりにより京留家の双子と同居することに…！

京留 陽世
かなどめ ひなせ

京留家の双子の兄。表向きは王子様キャラでみんなに優しいが腹黒いところがあり、叶琳にイジワルするのが好き。

楠木 夏波
くすのき かなみ

叶琳と仲の良いクラスメイト。元気で明るい。双子との事情を唯一知っており、いつも叶琳の話を聞いてくれる。

京留家と雫野家について

京留家と**雫野家**は、昔から両家の子孫が結ばれると両家に繁栄をもたらすという言い伝えがある**特別な家系**。両家の子ども同士は**本能的に惹かれ合う**"**運命の番**"と言われているけれど、叶琳と同じ年に生まれた京留家の子どもは**なんと双子！** どちらが叶琳と結ばれる運命の相手なの…!?

運命の番
つがい

遺伝子相性が100%の運命の相手。お互いに接触するとドキドキが止まらなくなってしまう。

contents

第1章

双子どちらが運命の番？

「えっ……何この怪(あや)しい手紙」

　わたし雫野叶琳は、何気(なにげ)なく家のポストを開(あ)けてびっくりしてる。

　ポストの中に、真っ黒の高そうな封筒(ふうとう)が1通。

　見るからに怪しさ満載(まんさい)。

　もしかしたら宛先間違(あてさきまちが)ってるんじゃ？

「うわ……わたし宛だ……」

　封筒のど真ん中に"雫野叶琳様"って仰々(ぎょうぎょう)しい字で書かれてるよ。

　差出人は――。

「京留……さん？」

　まったく知らない人の名前だ。

　どうしよう……いちおうわたし宛だし読んでみる……？

　ポストから恐(おそ)る恐る取り出して、封筒の中身を確認。

　中に入っているのは1枚の手紙。

「京留家と雫野家に伝わる家系の結(むす)びつき……？」

　え、なにこれ。

　内容に目を通したけど、なんのことかさっぱり。

　手紙に書かれていたのは、京留家と雫野家の古くからの家系の結びつきとしきたりについて。

　詳しくは実際に会って説明をしたいと書いてあって、日付と時間と場所が明記(めいき)されてる。

「この日、わたしの誕生日だ」

　今は春休み中で、春休みが終わったらわたしは高校1年生になる。

　手紙に書かれている3日後の日付は4月3日。

　わたしの16歳の誕生日に何かあるの……？

「うーん……どうしよう」

　京留家なんてはじめて聞いたし。

　親戚にもいなかったはず。

　何かのいたずらかな。

　まあ、この手紙を無視したところで何も起こらない……よね？

　手紙をパタッと折って、封筒の中に戻した。

　何かあればおばあちゃんに相談しよ。

　わたしは幼い頃に両親を事故で亡くして、今はひとりで暮らしてる。

　近くには、おばあちゃんがひとりで住んでいる。

　本当は両親が亡くなってから、わたしは親戚に養子として引き取られる予定だった。

　でも、それを止めたのがおばあちゃんだった。

　おばあちゃんは、わたしが雫野家を出ることにすごく反対していた。

　わたしには兄弟もいない。

　だから、わたしが雫野家を離れてしまったら、雫野家の人間はおばあちゃんだけになってしまう。

　おばあちゃんが小さい頃から両親に代わって、大事に育

ててくれたから。

　おばあちゃんが大切にしている雫野家を、わたしも守りたいと思ってる。

＊　＊　＊

　迎えた誕生日当日。

　朝早くにインターホンが鳴って、玄関に向かうと。

「雫野叶琳様ですね。お迎えに参りました」

　えっ、何この怪しそうな黒スーツの人たちは。

「ど、どちら様ですか」

　すぐに扉を閉めようとしたんだけど。

「突然のご訪問失礼いたしました。本日京留様より叶琳様をお迎えにあがるようにと」

「は、はぁ……」

「少し前にお手紙にて、本日の件はご連絡ずみかと」

　あぁ、あの怪しい黒い手紙……！

　やっぱりスルーしちゃいけなかったの？

「もうすぐ約束のお時間になりますので、わたくしたちが叶琳様を車にてお送りいたします」

「いや、ちょっと待ってください！　わたし行くなんてひとことも──」

「叶絵様より許可はいただいております」

　な、なんでわたしのおばあちゃんの名前を知ってるの？

　それに、おばあちゃんはこの件を承知してるの？

　うぅ……ダメだ。

　なんか混乱してきた。

「お連れしてよろしいでしょうか」

　怪しさ満載だけど、おばあちゃんの知り合いなら悪い人ではないだろうし。

　信頼してるおばあちゃんも承知の上なら、拒否するわけにもいかない。

　こうして黒服の人たちについていくことに。

　車に揺られること30分ほど。

　え、ちょっと待って。

　ここすごく見覚えあるんだけど……！

　車の窓に映る景色を見て、思わず目を丸くした。

　つい最近、入学に向けての説明会でここ──星彩学園に来たばかり。

　手紙に書いてあった住所が、なんとなく見覚えあるなぁとは思ってたけど。

　まさか自分が通う予定の学園だったとは。

　そして連れていかれたのは、学園の最上階。

「京留理事長。失礼いたします。雫野叶琳様をお連れいたしました」

　黒服の人がノックをして、分厚い茶色の扉が開かれた。

　真っ黒のプレートには金色の文字で〝理事長室〟って書いてある。

　えぇっと、学園の理事長さんがわたしになんの用があるの？

「あぁ、ご苦労さま。叶琳さんがこうして来てくれてよかったよ」

　広々とした室内のいちばん奥。

　高そうな椅子に、深く腰かけているひとりの男の人。

　グレーのスーツに、ストライプのネクタイをしてる。

　見た感じ40代くらい？

　わたしを見るなり、とてもやわらかい雰囲気で笑いかけてくれた。

「やぁ、叶琳さん。はじめまして。僕はこの学園の理事長を務めている京留といいます。今日は突然呼び出してすまなかったね。手紙は読んでもらえたかな」

「は、はい。読んだんですけど、内容があまりよくわからなくて」

「それもそうだね。今日はどうしてもその件について、叶琳さんと直接話したくてね」

　ソファに座るようにうながされて腰かけると、テーブルを挟んで正面に理事長さんが座った。

「早速本題に入らせてもらうね。手紙にも書いたけれど、京留家と雫野家は昔から家系の結びつきと言い伝えがあってね。そのことを詳しく説明させてもらいたいんだ」

　いったいどんな言い伝えがあるの？

　少し緊張して肩にも力が入っちゃう。

「京留家と雫野家、両家に子どもが生まれた場合、その子ども同士は運命の番であることが決まっているんだ」

　えっ、ちょっと待って。

　いきなり話についていけない。

　運命の番ってどういうこと？

「偶然か必然か、京留家にも雫野家にも同じ年に子どもが生まれたんだ。しかも生まれた日もまったく同じでね。京留家には男の子が、雫野家には女の子が生まれた」

　おそらく雫野家に生まれた女の子はわたしのこと。

「両家どちらかの子どもが16歳になる日に、お互いの子どもを会わせることが両家の決まり事でね。両家の古くからの言い伝えによると、京留家と雫野家に生まれた子ども同士は必然的に惹かれ合う関係性なんだ」

　むりむり、全然話が頭に入ってこない。

　でも話はどんどん進んでいっちゃう。

「京留家の人間——つまり、今日叶琳さんがはじめて顔を合わせるわたしの息子と結ばれるのが決まっているんだ」

　その言い伝えって本当なの？

　現実味がなさすぎて、話を聞くだけでいっぱいいっぱい。

「言い伝え通りなら、叶琳さんと息子を会わせたら話は早いんだけれど。ただ、京留家に生まれたのは双子の男の子でね。だから、叶琳さんにとっては双子どちらかが運命の番になるんだ」

　双子が運命の番……？

　頭は頑張ってフル回転してるけど、内容が意味わからなさすぎて処理不能なんですけど！

　詳しく説明されて、ますます混乱してきた……。

「京留家と雫野家の子孫が結ばれた場合は、両家に繁栄を

もたらすとも言われている。この話は叶琳さんのおばあさ
ま——叶絵さんもご存じのことでね」

「…………」

「叶絵さんが雫野家を守りたいと思っていらっしゃるのは、
叶琳さんがいちばんよく理解していると思うんだ。しきた
り通り、京留家の人間と叶琳さんが結ばれたら、叶絵さん
が守りたい雫野家を守ることができるんだよ」

　いまだに信じがたい話だけど。

　この話が本当なら……ずっと大切に育ててくれたおばあ
ちゃんへの恩返しになる……？

　だけど、やっぱりいきなりすぎて受け止めがたいっていう
うか。

　言い伝えが本当なら、わたしがこれから顔を合わせる双
子どちらかと結ばれる運命なの？

　頭の中はごちゃごちゃなまま、理事長室の扉が開いた。

　視線をそちらに向けると——男の子がふたり中に入って
きた。

「へぇ。この子が僕たちの運命の番かもしれない子かぁ」

「……僕たちってひと括りにするのやめてほしいんだけど」

「ぜったいに手に入れたくなるくらい可愛いね」

　ひとりの男の子は、明るい色のさらっとした髪で、笑顔
がとても優しそう。

　もうひとりの男の子は、ブラウン系の猫っ毛に、切れ長
な目と顎のラインがシャープで薄い唇が色っぽくて。

　ちょっとつまらなさそうな顔をしてる。

こんな綺麗な男の子たちはじめて見た……。

それに、ふたりとも顔立ちがどことなく似てる。

「叶琳さん紹介するよ。わたしの息子の陽世と夜紘だ。こっちのにこにこしているのが兄の陽世で、あまり愛想がないのが弟の夜紘だ」

ふたりとしっかり目が合った瞬間。

身体の内側から、今まで感じたことない熱がブワッと湧きあがってきた。

「っ……」

これ、なに……っ？

沸々わきあがる熱と、激しく脈打つ鼓動。

少し息が苦しくて、深呼吸しようとしても深く吸えない。

ちょっとじっとしてたら落ち着きそう……だけど。

うつむいてると、ふわっとバニラの香りがして。

「わぁ、近くで見てもすごく可愛いね」

「……っ！　ひっ、近いです!!」

陽世くんだっけ。

にこにこ笑いながら、グイグイ近づいてきてる！

「……陽世ガツガツしすぎ。引かれてんじゃん」

反対に夜紘くんは、すごく落ち着いてる感じで。

何を考えてるかわかりづらそう。

「僕たちに運命の番がいるって聞いたときは、正直どうでもいいなぁと思ってたけど。こんな可愛い子が運命の相手なら悪くないよね？」

「……陽世はもっとおとなしくしたら？」

「わー、夜紘ってばさっきからとげとげしてるね？　なんか機嫌悪い？」

「……別に。陽世のテンションについていけないだけ」

　陽世くんはにこにこ笑顔。

　夜紘くんはちょっと不機嫌そう。

「さっきも説明したように、叶琳さんは陽世か夜紘……どちらかと結ばれる運命なんだ。ただ、今の段階ではどちらが叶琳さんにとっての運命の番かは、わからない状態でもあるんだ」

　そ、そんな。

　そもそも運命の番ってなに？

　結ばれる運命とか、そんなのいきなり言われても根拠ないじゃん。

「だから、ふたりと一緒に暮らしてそばにいることで、どちらが運命の番か見極めてほしいんだ」

「い、一緒に暮らす？」

「叶琳さんと陽世と夜紘が3人で暮らせるように、マンションに部屋を借りておいた。今日から3人でそこに住んでほしい」

　ちょ、ちょっと待って!?

　そんな軽く言われても困るし、3人で一緒に住む!?

　話の展開がジェットコースター級でついていけない！

「陽世か夜紘——どちらが叶琳さんの番なのか、見極める絶好のチャンスだと思うんだ」

　わ、わたしの意見は聞いてもらえないの？

「もちろん叶絵さんの許可もいただいてるからね」

　お、おばあちゃん……!?

　なんでわたしの知らないところで許可しちゃってるの!?

「叶絵さんは、叶琳さんがひとりで暮らしているのをとても心配しているようでね。自分に何かあったときに、叶琳さんを守ってくれる人間がそばにいてほしいと、ずっと思っていたそうなんだよ」

　おばあちゃんが、わたしのことを考えてこの決断をしたってこと?

「今回の件は、叶琳さんを想って叶絵さんが承諾してくれたんだよ」

　16歳になった誕生日に、いきなり波乱の予感。

双子としきたり守って同居スタート。

「これから３人で暮らすのかぁ。にぎやかになりそうだね。僕は叶琳ちゃんとふたりがよかったけど」

　結局、言い伝えやらしきたりやらについていろいろ聞かされて、連れてこられたのは高層マンションの最上階。

　なんとびっくりなのが、このマンションの最上階は部屋がひとつしかない。

　つまり、このフロアにはわたしたちだけしか住んでないということになる。

　しかも、セキュリティが異常なほど厳重で。

　部屋の鍵は偽造できそうにないカードキーだし、手のひらをかざす認証システムなんかもついてる。

「なんでこんな厳重に……」

「あぁ、うちの家って外部に敵が多いんだよね。だから念には念をね？」

　陽世くんが、カードキーと認証システムでロックを解除して自動で扉が開いた。

「あれ、叶琳ちゃんどうしたの？　早く中に入っておいで」

「や、やっぱり３人で一緒に暮らすなんて……」

　すごく今さらだけど、冷静になってみたらやっぱりおかしいよ。

　いくら言い伝えがあるからって、いきなり初対面の男の子たちと一緒に住むなんて。

「両家の決まり事だから仕方ないよね？」

　うっ、それはそうなんだけど……！

　でも、あの言い伝えってほんとなの？

「……叶琳」

「ふへ……？」

　うわっ、夜紘くんの顔が近い……！

　それに……。

「っ……」

　あっ、また……心臓が変な動きしてる。

　夜紘くんの瞳に吸い込まれるように惹きつけられて。

「……どーしたの」

「やっ、えっと……っ」

「叶琳？」

「ひゃ……っ、ぅ」

　夜紘くんに軽く触れられた頬が熱い。

　身体が何かに反応するように、ピクッと跳ねてる。

「ま、ま……って、夜紘くん……っ」

「ん？　何が待ってなの？」

　ダメ……っ、ちょっと身体熱い。

　夜紘くんから目をそらしたいのに、全然できない。

　むしろもっと――。

「はーい、そこまで。夜紘ダメだよ抜けがけしちゃ」

「ふぁ……へ？」

　誰かの手によって、視界が覆われて。

　視界から夜紘くんが消えて、目の前が急に真っ暗。

「あと少しで、叶琳ちゃんが夜紘に発情しちゃうところだったね」

　陽世くんのバニラの匂いがする。

　もしかして、わたしの視界を塞いでいるのは陽世くん？

「やっぱり叶琳ちゃんが最初に発情する相手は僕じゃないとね」

「……俺だって叶琳のこと譲りたくないんだけど」

　え、えっとぉ……。

　ふたりともわたしがここにいること忘れてない？

「僕と夜紘……どっちが叶琳ちゃんの運命の番なのかなぁ？」

「あの、運命の番っていったい……」

　わたしばかりが置いてけぼり状態。

「ん？　あ、もしかして番のことあまり知らない？」

　コクッとうなずくと「じゃあ、まずはそこから説明しないといけないね」って。

　結局、部屋の中でいちばん広いリビングへ。

　このリビングに来る前に、部屋がいくつもあった。

　しかもこのリビング広すぎない……？

　３人で暮らすにしても、十分すぎるくらいの広さだし、とっても綺麗。

　大きな窓からは、街全体の建物が小さく見えるほど。

　真っ白のふかふかのソファに腰かけると、わたしの両隣に陽世くんと夜紘くんが座った。

「やっと落ち着いて話ができるね」

「えっと、ふたりともちょっと距離が近いような」

「そう？　僕はフツーだけど夜紘が近いよね」

「は？　陽世のほうが叶琳に近づきすぎ」

　陽世くんはわたしの手をキュッとつないで。

　夜紘くんはわたしの肩にコツンと頭を乗せてる。

　このふたり距離感だいぶおかしくない……？

「夜紘と言い合いしてたらキリがないから。とりあえずこのまま話進めるね？」

「は、はぁ……」

　ふたりに挟まれたまま。

　わたしの心臓は休まる暇(ひま)もなく。

「叶琳ちゃんはさ、いま僕と夜紘が近くにいて何も感じない？」

「えっと、はじめてふたりと会って目が合ったとき、ちょっと身体がいつもと違って」

　さっきも夜紘くんと少し見つめ合っただけで、惹きつけられて身体がピリピリして。

「それはきっと、僕か夜紘に発情しそうになったんだね」

「はつ、じょう？」

「はじめてだったから、目が合っただけで強く反応しちゃったのかな？」

　え、まってまって。

　聞き慣れない単語が飛んできて、しょっぱなから理解が追いつかない。

「昔からの言い伝え通りなら、叶琳ちゃんにとって僕か夜

紘が運命の番になるわけでしょ。番同士って本能的に相手
を求めて発情するんだよ」

　さっきから会話の中に何度も登場している "運命の番"
と呼ばれるもの。

　番同士は遺伝子の相性が抜群に良いため、番と出会って
フェロモンが覚醒すると、身体が強く反応して発情する。

　番のフェロモンに反応して発情したら、身体が普通の状
態ではいられなくなる。

　理性を失って、ただ本能のままに相手を求めてしまう。

　ただし……本能が求めているだけで、そこに相手を想う
気持ちがあるかは無関係。

　そして、同じ時代に番同士が出会って結ばれる確率は
３％にも満たない。

「叶琳ちゃんは、いま番である僕たちに出会って覚醒した
ばかりだから、フェロモンが不安定なのかもしれないね。
そうなると、僕と夜紘どちらにも発情する可能性があるっ
てこと」

「発情って、どういうときにしちゃうの……？」

「そうだなぁ。まあ、よくあるのは番同士が接触したとき
とか？　相手のフェロモンを強く感じ取っちゃうと発情す
るのがほとんどかな」

「もし発情しちゃったら、どうやって普通の状態に戻る
の？」

「簡単だよ。フェロモンを抑えるために、身体を満足させ
てあげたらいいだけのこと」

「え、え??」

「欲を満たすことで発情は治まるからね。ただ、それを満たすことができるのは番だけ」

「よ、欲を満たすって……」

「キスとか身体に触れるとか。とにかく身体を満足させてあげれば発情は治まるよ」

「ふへ!? キ、キス……!?」

「叶琳ちゃんが僕に発情した場合は、抑えられるのは僕のキスだけってことね。夜紘じゃダメなんだよ」

　それってつまり、発情した相手のキスじゃないと抑えられないっていうこと？

　わたしの場合、番がどちらかわからなくて、どちらにも発情する可能性があるのは珍しいケースらしく。

　ただ……強制的に番になる方法もあって。

「僕か夜紘どちらかと身体で結ばれて、叶琳ちゃんが首を噛まれれば──番同士になることもできるからね」

　もしそうなったら、どちらかにしか発情しなくなって本能が求める相手もひとりになる……らしい。

「このまま僕に噛まれて番になる？」

「へ……っ？」

　こ、これは冗談だよね？

　陽世くんは、ずっとにこにこしてるから感情が全然読み取れない……！

　すると、さっきまで黙っていた夜紘くんが、わたしをグイッと抱き寄せた。

「……陽世は強引に迫りすぎ。叶琳が困ってる」

　さっぱりしたシトラスの香り。

　陽世くんの甘いバニラの匂いとはまた違う。

「別に強制的に番になる必要はないし、もし発情しても俺たちにキスされたくなかったら抑制剤もあるから」

「抑制剤って？」

　夜紘くんが手のひらサイズのケースを渡してくれた。

　中にカプセル型の錠剤がいくつか入ってる。

「発情を抑える成分が入ってる薬。それを飲めば発情が治まるって言われてる」

　へぇ……。そういう薬もあるんだ。

「ただし、あんま服用するのはダメ」

「どうして？」

「……副作用があるんだよ。とくに抑制剤は特殊な成分が入ってるし、効き目がものすごく強いらしいから。その分叶琳の身体に負荷がかかることになる」

「そんなに強い薬なんだね」

「そう。だからあんま使ってほしくはない。あくまで緊急用ね」

　なるほど。

　じゃあ、いちおう常に持ってたほうがいいのかな。

「もし叶琳ちゃんが僕に発情しちゃったら、僕が抑えてあげるからね？」

「……叶琳が嫌がるようなことしたら陽世でも容赦しない」

「わー、夜紘も叶琳ちゃんのフェロモンに惹かれてそんな

こと言っちゃうの?」

「……違う。俺はもともと叶琳のこと──」

　ハッとした様子で、話すのを途中でやめちゃった。

　何か言いかけてたけど……。

「……なんでもない。陽世は見境なく襲いそうだから、あんま叶琳に近づくの禁止」

「えー、それは無理じゃない?　叶琳ちゃんのフェロモンに惹きつけられちゃうのは仕方ないよね?」

「陽世は何かと理由つけて叶琳に近づこうとするから油断できない」

「叶琳ちゃんも、僕か夜紘のフェロモンに惹きつけられちゃうよね、番同士なら」

　フェロモンのせいかわかんない……けど。

　ふたりがそばにいても、あんまり嫌な感じがしない。

　普段のわたしだったら、よく知らない男の子がこんなに近くにいるなんて耐えられないのに。

　これも番としての本能が働いてるから?

「叶琳ちゃんから僕を求めてきたら、僕がたくさん甘やかしてあげるからね」

「へ……?」

「試しに僕と熱くなることする?」

　あれ、なんか陽世くん変なスイッチ入ってない!?

「叶琳ちゃん相手なら、いくらでも甘いキスしてあげるよ?」

「ま、まままって陽世く──」

　近づいてくる陽世くんを押し返そうとしたら。

　夜紘くんがわたしの腕を引いて。

「わわっ、なになに!?　ってか、夜紘くん近いよ!!」

　急に抱きしめられて、視界に映るのは夜紘くんが着てる真っ黒のシャツ。

「叶琳は隙見せすぎ。陽世に迫られたらちゃんと拒否して」

「わー、夜紘ずるい。叶琳ちゃんは夜紘のものじゃないんだからさ」

　今度は陽世くんがグイグイ引っ張ってくる。

　うぅ、なんで取り合いみたいになってるの……！

「ふ、ふたりとも待って！　わたしはどちらのものでもなくて！」

「……叶琳は俺の。陽世には渡さない」

「えー、そんなこと言われたら逆に燃えちゃうけどなぁ」

　ふたりともわたしの話聞いてる!?

「陽世は強引すぎ。叶琳に嫌がられてんじゃん」

「え、どこが？」

「だったら俺も遠慮しないけど」

「うん、僕も譲る気ないからね」

　うぅぅ……完全にわたし置いてきぼり。

　ふたりともバチバチしすぎだよぉ……。

「そうなると今日の夜はどうする？　僕か夜紘どっちが叶琳ちゃんと一緒に寝ようか」

「い、一緒に寝る!?」

　なんで２択なの!?

　そもそもひとりで寝るっていう選択肢は!?
「叶琳ちゃんはどっちがいい?」
「陽世は見境なく襲いそうだから俺でいーじゃん」
「いやいや、そこは兄に譲るところだよね?　見境ないのは夜紘も同じでしょ?」
「えっとぉ……わたしひとりで寝たい──」
「ひとりで寝られる場所があるならね?」
　え、それってどういうこと?
　今いるリビングをキョロキョロ見渡しても、ここにベッドはないし。
　もしかして、ちゃんと個々に部屋があるとか?
　慌ててリビングを飛び出して、部屋中の扉を片っ端から開けていくと。
「あっ、ここわたしの部屋かな」
　さっきいたリビングよりは少し狭いけど、ひとり部屋にしては十分な広さ。
　わたしが好きなピンクと、白がメインの可愛らしい部屋。
　家具や小物も、素敵なデザインで統一されて──って、ちょっと待って。
　さっきから部屋全体を見ていて違和感が。
「な、なんでベッドがないの!?」
　テーブルやらソファやら、家具はしっかり揃えられてるのに唯一──ベッドがない!
　まさか床で寝るの!?
　この状況に絶句してると。

「ここが叶琳ちゃんの部屋？　叶琳ちゃんらしい可愛い部屋だね」

「ひ、陽世くん！　大変なことが!!」

「ん？　何が大変なの？」

「わたしの部屋にベッドがなくて!!」

「当たり前だよ。叶琳ちゃんは毎晩、僕か夜紘の部屋で寝るんだから」

「は、は……はい!?」

　寝るときまで、陽世くんか夜紘くんと一緒なの!?

　わたしのひとりの時間は!?

「……叶琳はずっと俺の部屋で寝たらいーよ」

「夜紘だけが独占するなんて許さないよ？」

「ま、まって！　なんでわたしはひとりで寝ちゃダメなの？」

「業者の人の手違いで、叶琳ちゃんのベッドだけ届かなかったらしいよ？」

　えぇ……そ、そんなぁ。

「いーじゃん、俺たちと寝れば」

「そうそう。だから毎晩僕と一緒に寝ようね？」

「陽世じゃなくて叶琳は俺と寝んの」

　これじゃ、まったくらちが明かない……！

　というか、なんでわたしに拒否権ないの！

陽世くんは優しいか、それとも。

「さ、僕の部屋にいこっか？」

「うっ……なんでこんなことに……」

　あれから陽世くんと夜紘くんの言い合いは続き——。

　結局、今日は陽世くんと、明日は夜紘くんの部屋で寝ることが決まった。

　そして今、ごはんとお風呂をすませて寝る時間に。

　さっきお風呂に入ったときも、その広さにびっくりして。

　しかも、もっとすごいのが室内に少し小さめのプールまでついてるらしく……。

　お金持ちの世界がすごすぎて、驚きの連続。

「今日ひと晩ずっと僕が叶琳ちゃんを独占できるんだね」

　男の子と一緒に寝たことなんてないのに。

　いきなりこんなのあり……？

「夜紘は邪魔しに来ないでね？」

「…………」

「まあ、邪魔できないかぁ。部屋にロックかかるからね」

　えっ、普通に鍵閉めるとかじゃなくて？

「安心しなよ。叶琳ちゃんが嫌がることはしないからさ」

「陽世は信用できない」

「ははっ。どうかな」

　陽世くんって、優しそうに見えてじつはかなりヤバいタイプなんじゃ。

「ひと晩たっぷり叶琳ちゃんのこと可愛がるからね」

「うわっ、きゃっ……！」

「僕が部屋までお姫様抱っこしてあげる」

　こうして半ば強引に陽世くんの部屋へ。

　わたしの部屋より少しだけ広くて、全体が白で統一されてる。

　いかにも陽世くんの部屋って感じ。

　陽世くんは白が似合うような、王子様みたいなイメージだから。

　部屋の扉が閉まった瞬間、ピーッと機械音がした。

「い、今の音って……？」

「部屋にロックがかかった音だよ」

「じ、自動でかかるの？」

「そう。僕と夜紘の部屋には、お互いのプライバシーを守るために、オートロックがついててね」

「それって、外からは入れないの……？」

「一般的な家の部屋についてるような鍵じゃないから、そんなに簡単には開かないかな。——つまり、僕と叶琳ちゃんは誰にも邪魔されないふたりっきりの時間を過ごせるってわけ」

　付け加えて「もちろん叶琳ちゃんが部屋から出ることはできるよ。まあ、僕が離してあげないけど」って。

　ふわふわの大きなベッドの上に、ゆっくりおろされて。

　陽世くんが、わたしの部屋着のボタンに指をかけた。

「部屋着可愛いね。叶琳ちゃんもとても可愛いけど」

「これしか着るものなくて」

　正確に言えば、この部屋着が用意されてたから。

　ピンクに白のドット柄のワンピース。

　丈は足首まで隠れる長さで、サイズ感がゆったりしていて着心地がいい。

「気に入ってくれた？」

「う、うん。あっ、でもわたしにはちょっと可愛すぎるような気もして」

「そんなことないよ。可愛い叶琳ちゃんが着てるから、何倍も可愛さが増してるの気づいてる？」

「そ、そんなことないよ！」

　さっきから地味に陽世くんとの距離が近い。

　ベッドの上っていうのもあって、ちょっとドキドキする。

　で、でもさっき嫌なことはしないって言ってたし……。

「それね、叶琳ちゃんに似合うと思って僕が用意したんだよ？」

「えっ、そうなの？」

「うん。これから毎日、僕か夜紘が叶琳ちゃんの部屋着を選んであげることになってるんだよ」

　相変わらず笑顔のまま。

　身体を少し前のめりにして、ちょっとずつわたしと距離を詰めてきてる。

「僕はね、叶琳ちゃんにはとびきり可愛いものを着てほしいから。せっかくふたりっきりでひと晩過ごすわけだし」

「わっ……！」

　急に抱きしめてきたと思ったら、そのまま身体がベッドに倒されてびっくり。

「今日はずっと僕の腕の中で寝ることね」

「うぅ、無理だよ……っ！」

「どうして？」

「だってだって、男の子と一緒に寝たことないのに……っ」

「じゃあ、叶琳ちゃんがはじめて一緒に寝るのは僕ってことだ？」

　広々としたベッドだから、こんなにくっつかなくても。

　ちょっとずつ身体をずらして、ベッドの端っこまで逃げると。

「かーりんちゃん。ほら逃げないでこっちおいで」

「わたし床で寝る……！」

「それはダメだよ。僕が許すわけないでしょ？」

「や、やだ……！　陽世くん近いもん……っ」

「やだなんて傷つくなぁ」

　あっという間につかまって、陽世くんの腕の中。

　これは抵抗しても無駄……なのかも。

　陽世くん、きっと何もしてこないよね。

　諦めてそのまま目をつぶって寝ようとしたら。

　──やっぱりわたしの考えは甘かったみたい。

「やっ、ひなせ……くん、どこ触ってるの……っ」

　陽世くんの手が、腰のラインをゆっくりなぞるように触れてる。

「どこって口にしていいの？」

「っ……そう、じゃなくて」

　顎をクイッとつかまれて、陽世くんの瞳にとらえられる。

「さっきからね、叶琳ちゃんが甘い匂いで僕を誘惑してるんだよ？」

　甘い、匂い……？

　犬みたいにクンクンしてみると。

「ふっ……叶琳ちゃんにはわかんないよ？　わかるのは番かもしれない僕と夜紘だけだよ」

　陽世くんの瞳が熱っぽい。

　それにちょっと息が荒くて、ふわっと甘い。

「フェロモンが覚醒してるときは、身体がすごく敏感になるからね」

「んっ……やぁ」

　唇に指先が押し付けられただけで、心臓が激しくドクドク鳴ってる。

「はぁ……たまらないなぁ、この甘い匂い」

「っ……ぅ、首ダメ……っ」

　陽世くんの舌が首筋を舐めて、強く吸い付いて。

「叶琳ちゃんが僕のだって……噛み痕残したい」

「うぁ……」

　さっきからすごく甘ったるい匂いがする。

　吸い込むとクラクラして、頭の芯がジンッと痺れる。

　全身……指先まで身体の隅々が熱い。

　これがフェロモンのせい……っ？

「さっきから甘い声ばっかり漏れてるね。可愛い……もっ

としたくなる」

　フルフル首を横に振っても、止まってくれない。

　何度も首筋にキスが落ちてきて、そのたびに熱に支配されて。

「叶琳ちゃんも熱くて限界？　僕もね、叶琳ちゃんが欲しくてたまらないよ」

　陽世くんとの距離がゼロになる寸前——パッと意識が飛んだ。

＊　＊　＊

「あぁ、寝顔も可愛いなぁ。どれだけ見ても飽きない」

　ん……？　なんかほっぺ触られてる？

　首もくすぐったい。

　重たいまぶたをゆっくりあけると。

「あ、起きたね。おはよう」

　ボーッとして、目の前の状況を理解できないまま。

　えっと……今わたしの真上に覆いかぶさってるのは陽世くん……？

　あっ、そうだ。

　昨日の夜、陽世くんと一緒に寝ることになって——キスされそうになって。

　あれ、ここから先の記憶がない。

「え……なに、してるの……？」

「叶琳ちゃんの寝顔見てたら、我慢できなくなっちゃった」

「はへ……」

「昨日の夜、叶琳ちゃんが僕のこと放ったらかして寝ちゃうから」

「ちょ、ちょっ陽世くんストップ……っ！」

　ようやく昨日の夜のことを思い出して、いま自分がとても危険な状況だって気づいた。

「どうして？　昨日の夜の続きしようよ」

「ま、まままって！　いま朝だよ!?」

「朝だからどうしたの？　あぁ、もしかしてもうキスしたい？」

「ち、ちがぁう!!」

　陽世くんは暴走_{ぼうそう}しだすと要注意_{ようちゅうい}……！

「可愛いなぁ、叶琳ちゃんは。ほら、おとなしく僕にされるがままになってね」

「あ、わっ……ぅ……」

　どうしよう……っ、このままだとキスされちゃう……？

　でもさすがにキスを許しちゃうのは……っ。

　思わずギュッと目をつぶると。

　ピーッと機械音が鳴った。

　あれ、この音昨日も聞いたような。

　すると、自動で扉が開いた。

「……もう時間切れだけど。ってか、やっぱ朝から襲おうとしてんじゃん」

「夜紘は空気読めないの？　僕と叶琳ちゃんが今からイチャイチャしようとしてたのにさ」

　間一髪のところで、夜紘くんが部屋に入ってきてセーフ。

　あれ、でもロックって外からは解除できないんじゃ？

「朝っぱらから叶琳が陽世に食われないように止めにきて正解だった」

　まさに今ガブッと食べられちゃうところだったよ。

「あー、ロック解除されちゃったかぁ……残念。もっと叶琳ちゃんと愉しいことしたかったのに」

「叶琳こっちきて。陽世のそばにいると危ないから」

「人聞きの悪いこと言っちゃダメだよ。僕はなーんにも危なくないよ？」

　うそうそ、陽世くんはとっても危険……！

　昨日の夜だって、わたしが意識飛んじゃうまでいろいろしてきたのに……！

「えっと、でもどうして夜紘くんが部屋に入ってこれたの？」

「あー、オートロックだけど、長時間ロックがかかると自動で開く仕組みになってるから」

　へ、へぇ。そうなんだ。

　それは昨日聞いてなかったかも。

「昨日は叶琳ちゃんが散々可愛く煽ってきたのに、先に寝ちゃうなんてひどいよ。叶琳ちゃんって結構鬼畜だよね」

「きちく!?」

　そんなことはじめて言われたよ!!

　それそっくりそのまま陽世くんにお返しする！

　……なんて言ったら、大変なことになりそうだからお口

チャック。

「また僕と愉しいことしようね？」

　陽世くんは優しそうに見えて、案外優しくない……かもしれない。

夜紘くんは甘え上手。

「ふぁ……」

「叶琳ちゃん眠そうだね？　今日も僕と一緒に寝る？」

　迎えた夜。

　今日は順番で夜紘くんと一緒に寝る日。

　ただいまの時刻は、夜の９時を過ぎたところ。

　いつもならまだ眠くない時間だけど。

　昨日、陽世くんにイジワルされて、あんまり眠れた気が

しない……。

　なので、今日はちょっと寝不足気味。

「……今日叶琳は俺と寝んの。陽世は黙って指でもくわえ

てれば」

「わー、夜紘ってば口わるーい」

「今日は俺が叶琳を独占すんの。陽世にはぜったい邪魔さ

せない」

「はいはい、どうせ僕は部屋に入れないからね」

「陽世は油断できない」

「さすがに僕もここの部屋のロックは解除できないよ」

　やれやれと呆れ気味の陽世くん。

「まあでも、僕のほうが先に叶琳ちゃんの可愛い寝顔見れ

たから満足かな」

「……そーやって挑発してくんのほんとムカつく」

「あー、でもやっぱりもういっかい叶琳ちゃんの寝顔見た

いなぁ」

「……しつこい。俺は譲る気ないから」

「えー、でも叶琳ちゃんが僕を選ぶなら文句ないよね？」

「えっとぉ……ひとりで寝るっていう選択肢は……」

「あるわけないじゃん」

　——で、そのまま夜紘くんの部屋へと連れていかれ。

　昨日と同じように、部屋の扉が閉まった瞬間ロックの音が鳴った。

　これで今日の夜は夜紘くんとふたりっきり。

　夜紘くんの部屋は陽世くんとは正反対で、黒で統一されていてシンプルにまとめられてる。

　夜紘くんに手を引かれてベッドのほうへ。

　昨日は陽世くんで今日は夜紘くんって……。

　ふたりと交互に一緒に寝るなんて。

　やっぱりこの状況おかしい……!!

　でも、わたし寝るところないし。

　うぅ……でもでも……。

　はっ……もし夜紘くんもイジワルしてきたらどうしよう……！

　わたしまた寝不足になっちゃうんじゃ!?

　2日連続はさすがにきついよぉ……。

　ちょっとだけ夜紘くんと離れて眠ろうとしたけど。

「叶琳。もっと俺のほうきて」

「きゃぅ……ベッドこんなに広いのに……っ」

　後ろから夜紘くんに包まれてしまった。

　いま少し触れあっただけ……なのに。

　思いに反して、また身体の熱があがっちゃいそう……。

「俺が叶琳を抱きしめたいからいーの」

　若干、耳元にかかる息がくすぐったい。

　それに夜紘くんの手の位置が、いろいろ際どくて。

　さっきよりも、ちょっと身体の内側が熱い。

　しばらく夜紘くんに抱きしめられたまま。

　首だけくるっと後ろに向けると。

「……どーしたの？　眠れない？」

「ほんとにこのまま寝てもいい……の？」

「何かされるの期待してんの？」

「し、してないよ……！」

　陽世くんのせいで、いろいろ勘ぐっちゃったよ。

「疲れてるみたいだから寝ていいよ」

　や、優しい……！

　夜紘くんって、何考えてるかわかんなくてクールな印象

だったけど。

「叶琳が嫌なら何もしない」

　言葉通り、ただ抱きしめるだけ。

「それに叶琳がどうしても俺と寝るのが嫌なら、無理強い

もしない」

「じゃあ、お互いどこで寝るの？」

「叶琳がベッド使えばいいよ。俺はそのへんで転がって寝

るから」

「ええ、それはダメだよ。身体に悪いよ」

　何かされるかもって、ちょっと警戒してたから拍子抜けしちゃった。

「あの、そういえば昨日陽世くんに聞いたんだけど。わたしがいま着てる部屋着って、今日は夜紘くんが選んでくれたの？」

「……ん、そう。叶琳に似合うと思って選んだ」

　ネイビーでシンプルなもの。

　襟と袖に白のラインが入ってて。

　ショート丈のズボンのポケットに、さりげなくリボンがついてるデザインがとっても可愛い。

「叶琳はピンクとか白系が似合いそうだけど。少し大人っぽいのも似合うと思ったから」

「そ、そうなんだね。こういう色味も可愛いなぁと思って」

　わたしのことを考えて選んでくれたんだ。

　夜紘くんって、やっぱり優しいなぁ。

　それに、ほんとに何もしてこないし。

　これでわたしは今日安眠できる——と思ったのに。

　夜紘くんがわたしの首元を見て、一瞬顔を歪めた。

　部屋着の襟を、ちょっと強引に引っ張ってくる。

「え……っ、やひろ……くん？」

　何もしないって言ったのに。

　夜紘くんが勢いよく真上に覆いかぶさってきた。

「これ……陽世につけられたの？」

　鎖骨のあたりに少し爪を立てられて、昨日陽世くんにされたことが頭の中に浮かんでくる。

「真っ赤な痕がいくつも残ってる」

「そ、そんなに……？」

　意識がボーッとしてたのもあって、そんなにつけられて
たなんて気づかなかった。

「……やっぱ寝かせてあげんのやめた」

「え……？」

「ごめん……こんなの見せられて余裕とかない」

　夜紘くんの指先がちょっと肌に触れただけなのに、そこ
だけじわっと熱くなる。

「……俺がぜんぶうわがきするから」

　首筋にキスしながら、頬に触れたり手をつないできたり。

　刺激がまんべんなく伝わって、身体の力がどんどん抜け
ていく。

「やひろ、くん……ぅ」

「じっとしてないと痛いよ」

　うそ……だ。

　じっとしててもちょっと痛い。

　ならすように舌が触れて、肌を強く吸われるとチクッと
する。

　うぅ……もう身体熱い……っ。

　じっとできなくて脚が動いちゃう。

「はぁ……その顔かわいー」

「もう、ダメ……なの」

「何がダメなの？　……それにさ、叶琳も限界なんじゃな
い？」

「っ……」

「俺が少し触れただけなのに」

「やぁ……っ」

「こんな敏感に反応して。……触れられて発情した？」

　むり……っ、夜紘くんの触れ方ずるい……っ。

　陽世くんと夜紘くんの触れ方が全然違う。

　陽世くんはじわじわとゆっくり触れて。

　夜紘くんはうまく緩急をつけて触れてくる。

「……ほんと可愛い。いま叶琳の可愛さ独占してんのは俺だもんね」

　心臓が異常なくらいうるさい。

　呼吸も浅くて、クラクラする……。

　これが発情してる……状態なの……っ？

　熱が引いていかなくて、身体の奥からぜんぶ溶けちゃいそう。

「ねー……叶琳気づいてる？」

「ふぇ……、なに……っ」

「俺のこと欲しくてたまらないって顔してんの」

「や……ぅ、見ないで……」

　顔を隠したいのに、手に力が入らない。

「……俺だけに見せて」

「これ、もうやだ……熱い……っ」

　熱がたまり続けて、もどかしさから解放されない。

　ずっとじわじわ熱に支配されてる感覚。

「陽世とはキスした？」

「してない……よ」

「んじゃ……叶琳の唇もらうのは俺ね」

「や、やひろく……んんっ」

　やっ……なにこれ……っ。

　唇が触れた瞬間、全身がうずいて熱い。

　昨日みたいにクラクラなのに意識が飛ぶどころか、はっきりしてて。

「あー……叶琳の唇あま」

「んぅ……」

「たまんない……もっとしよ」

　キスされると指先までピリピリする……っ。

「全然力入ってないね。……キスきもちいい？」

「っ……ん」

「ねー、叶琳。俺の声聞こえてる？」

「もう……キス、や……」

「……やめてい―の？　叶琳の身体まだ満足してないのに」

　わずかに触れていた唇が離れて。

　お互いの吐息(といき)がかかる距離で見つめ合ってるだけ。

「キスすると発情治まるはずなのに……もっと熱くなってんね」

「っ……」

「本能には抗(あらが)えないんじゃない？　身体はこんな欲しそうにして」

　くすぐって誘(さそ)い込んでくる甘い匂い。

「フェロモンが覚醒してると、甘いことだけしたくなるも

んね」

　これが本能的に番である相手を求めちゃうこと……なの?

「俺も……もう我慢できない。もっとしよ」

「……っ、んん」

　甘いキスに、冷静な思考なんかどこかいっちゃう。

　触れてる唇の熱が、甘く流れるように全身に伝わってる。

「陽世にもそんなかわいー声聞かせたの?」

「ぅ……っ、だって……抑えるのむり……っ」

「……いーよ。俺の前では抑えなくて」

「ん……」

「可愛い叶琳は俺だけの……ね」

　キスが深くなって、熱があがった瞬間——目の前が真っ白になった。

　そこから先の記憶はなく。

　目が覚めたら夜紘くんと一緒に寝てた。

　そしてその日の夜、お風呂から出て鏡を見てびっくり。

「うわ……すごい痕」

　真っ赤な痕が首筋とか肩に残ってる。

「ふたりともつけすぎだよ……」

　なんとか服で隠れそうだから、まだいいけど。

　いや、よくないけど……!

「うぅ……これからどうなっちゃうの……!」

　まだまだわたしの生活は波乱でいっぱい。

第 2 章

双子は学園で大人気。

「わー、叶琳ちゃん制服姿も可愛いね」

「あわわっ、陽世くんリボンほどかないで!!」

　ふたりと同居を始めてから早くも数日。

　今日は入学式なので、早めに起きて制服に着替えをすま
せたばかりなのに。

「リボンってほどきたくなるんだよね」

「な、なんで!?」

「あ、でも僕は縛るのも好きかも」

　ひぇぇ……やっぱり陽世くんって結構ヤバいタイプだ。

「うぅ、せっかく結んだのにぃ……」

　さっき鏡を見ながら、綺麗にできたと思ったのに。

　また結び直しになっちゃったよ。

　陽世くんからリボンを取り返して結ぼうとしてたら。

「……貸して。俺がやってあげる」

「えっ、夜紘くんいいの?」

「ん、いーよ。少しじっとしてて」

　手早く結んでくれて、視界に映るリボンは左右対称。

「夜紘くんって器用なんだねっ」

「…………」

　あれ、無視されちゃった。

「夜紘くん?」

「……それ可愛すぎるから陽世に見せるの禁止」

「え？」

　可愛いってなんのこと??

　よくわからず首を傾げてると。

「……叶琳の上目遣い死ぬほど可愛い」

「え、え!?」

「俺だけに見せて。ってか、可愛すぎて抱きしめたい」

「わっ、きゃっ……」

　夜紘くんの大きな身体にギュッてされて。

「夜紘が叶琳ちゃんのこと独り占めしてるのずるいなぁ」

「わわっ、陽世くんまで抱きついてこないで!!」

　3人での生活は、まだまだ慣れないことがたくさん。

＊　＊　＊

　わたしたちが今日から通う星彩学園まで、なんと車で送り迎え。

　学園に着いて早々、とんでもない光景が。

　陽世くんと夜紘くんが車から降りた瞬間「キャー!!」っと大歓声が。

　え、え!?　なんでこんな騒がしいの!?

　アイドルが出てきた並みのレベルだよ。

「わー、すごい騒ぎだねー」

「はぁ……眠すぎて死にそう」

　これ、もしかして……いや、もしかしなくても陽世くんと夜紘くんに向けられてるんだよね!?

　当の本人たちは、あんまり気にしてなさそうだけど。
　それどころか、陽世くんも夜紘くんも抱きついてくる
し！
「ふ、ふたりともちょっと離れて‼」
「……なんで。叶琳と離れるとか無理」
「僕もずっと叶琳ちゃんと一緒がいいなぁ」
　人の目なんか気にせずお構いなし。
「あれが噂の京留兄弟だよね⁉　噂通りふたりともかっこ
いい〜‼」
「あんな顔面整ったイケメン見たことない‼　尊すぎる、
拝みたーい！」
　ひぇぇ……入学初日からこんなに人気って。
　恐るべし京留兄弟……。
「僕たちってそんな噂されてるんだね」
「……知らない。ってか、興味ない」
「夜紘は相変わらず愛想がないね？」
「俺が興味あるのは叶琳だけ」
「僕もそこは同じかな」
　ひぃ……‼
　ふたりとも目立つからあんまりくっつかないで……‼
　さっきから女の子たちの視線が凄まじいことになってる
から‼
　ふたりがこれだけ注目を浴びてたら、当然一緒の車から
降りてきたわたしにも視線は集まるわけで。
「ってか、ふたりの間にいるあの子誰？　京留兄弟と同じ

車から降りてきたよね？」

「どういう関係なんだろう？　ふたりとかなり親しそうだよねー。手なんかつないでるしさ」

「幼なじみか親戚の子じゃない？　ふたりが面倒見てあげてるとか」

　あぁぁ……耳が痛いよぉ……。

　わたしは本来、この学園で平穏な生活を送る予定だったのに。

　入学していきなり波乱に巻き込まれそうな予感……。

「でもさ、あの子と仲良くなったら京留兄弟とお近づきになれるかもよ!?」

　なれません、なれません!!

　お近づきになりたいなら直接どうぞ！

　予想を遥かに超える騒ぎに目が飛び出そう。

　門から校舎にたどり着くまで、騒がしくてもう大変。

　──で、クラスを確認してみたら。

「叶琳ちゃんと同じクラスで席も隣なんてうれしいなぁ」

「こ、これぜったい何か仕組んでない!?」

「まさか。これも運命だよね」

　同じクラスなのは偶然としても、こんな席まで隣同士で。

　しかも夜紘くんまで一緒って。

「……このまま叶琳に引っ付いて寝たい」

「夜紘くん寝ちゃダメだよ!?」

　なぜかわたしたちだけ特別に、いちばん後ろに３人だけで並んでる席の配置。

　ぜったい何かしらの権力動いてるじゃん……。

「あ、夜紘ずるーい。そうやって叶琳ちゃんに甘えようと
するんだ?」

「陽世はどっかいけば。ってか、陽世だけ別クラスでよかっ
たのに」

「そういうわけにはいかないでしょ?　僕と夜紘と叶琳
ちゃんは常に一緒なんだから」

「やっぱり仕組まれてる!?」

「ふっ、こういうときこそ、理事長の息子の権限を使うべ
きだよね」

「ほらぁ!　今のが本音だよね!?」

　——と、こんな感じで学園の中でも、陽世くんと夜紘く
んとは常に一緒。

　　　　　　　　＊　＊　＊

　そして入学してから2週間。

　相変わらず京留兄弟の人気は凄まじく……。

「わたしは陽世くん派かなぁ!　あのにこにこした笑顔で
甘やかされたーい!!」

「わたしは断然夜紘くんがいいなぁ!　ちょっと不愛想だ
けど、自分にだけ甘えてくれたらグッときちゃう!!」

　クラスでは、早速女の子たちが陽世くん派か夜紘くん派
の話題で大盛りあがり。

　すでに学園中に京留兄弟の噂が広がっているらしく、ふ

たりとも大人気。

　はぁぁ……ますますわたしは肩身が狭いよ。

　そんなこと陽世くんと夜紘くんは知る由もなく。

「かーりんちゃん。僕次の授業の教科書忘れたから一緒に見よ？」

「え？　それなら隣のクラスの子に借りてきたら……」

　ちょうど休み時間だし、今から借りにいけば間に合いそうだけど。

「陽世には俺の貸すから叶琳が俺に教科書見せて」

「ちょっと待ってよ夜紘。僕は叶琳ちゃんにお願いしてるんだよ？」

「わざと忘れてんのまるわかりすぎ。それで叶琳に近づこうとしてる魂胆もバレバレ」

「えー、なんのことかな？　人聞きの悪いこと言うね」

　もうふたりの相手してたら日が暮れそう……。

　いっそのこと、わたしが教科書貸してふたりで見てもらったほうが早いんじゃ？

「すごいねぇ、叶琳ちゃん愛されてる〜！」

「夏波ちゃん、からかわないで!!」

「え〜、だって学園内で有名なイケメン双子から、こんなアプローチされるなんて！」

「アプローチじゃなくて！」

「というか、これは叶琳ちゃん争奪戦だよね！」

　今話しかけてくれたのは、最近仲良くなった同じクラスの楠木夏波ちゃん。

　夏波ちゃんは、ふんわりしたボブが似合うとっても元気で明るい性格の子。

　学園の女の子ほとんどが、陽世くんや夜紘くんに夢中なのに、夏波ちゃんはいっさい興味なし。

　なんでも他校にずっと付き合ってる彼氏さんがいて、その彼氏さんにぞっこんみたい。

「叶琳ちゃん可愛いから奪いたくなるのわかるけど～」

「いやいや、あのふたりちょっと変わってるところあるし」

「ふたりのイケメンから愛されるなんて、叶琳ちゃんモテモテ～！」

「うぅ……モテモテじゃないからぁ！」

「それにふたりと一緒に住んでるなんて～！」

「わぁぁぁ、それ言っちゃダメだよ!!」

　い、今の女の子たちに聞かれてないよね……!?

　聞かれてたらわたし袋叩きだよ!?

「はっ、そうだった！　一緒に住んでるのは内緒だもんね！ごめんねっ！」

　夏波ちゃんにだけは、事情があってふたりと一緒に住んでることは説明ずみ。

＊　＊　＊

　そんなこんなでまた数日。

　普段の学園でのふたりはというと。

「陽世くんたちって双子なんだよねっ！」

「そうだね。あんまり似てないって言われるんだけどね」

「そんなことないよぉ！　ふたりともかっこいいし！」

　陽世くんは、常に笑顔で女の子たちをメロメロにしちゃってる。

　それに、陽世くんは話しかけやすさもあるし。

　あと、王子様みたいな雰囲気があるから憧れる女の子が多いのかなぁ。

　休み時間はほとんど、女の子たちが陽世くんの席の周りを囲ってる。

　そして夜紘くんは。

「あれ〜、夜紘くんまた寝てる〜！　せっかく話しかけようと思ったのにっ！」

　いつも休み時間は寝てばかり。

　たまに起きてるときがあって、女の子たちに話しかけられてもプイッとそっぽを向いちゃう。

「夜紘はほんと愛想がないよね」

「陽世みたいにずっと笑ってんの無理」

「それじゃあ、何かあったときに誰も助けてくれないよ？　愛想よくしてるほうが何かと得だよ？」

「別に俺は誰にも助けてもらわなくていいし」

「へぇ。じゃあ、僕も夜紘のことは見捨てちゃお」

「……勝手にすれば。俺は叶琳がいたらそれでいい」

　陽世くんは誰にでも優しくて人当たりがいいから、世渡り上手なんだろうなぁ。

　夜紘くんは自分の思うままに生きてそうなタイプ。

＊　＊　＊

　ある日のお昼休み。

　いつもは夏波ちゃんと一緒にお昼を食べてるけど、今日
は用事があるみたいで教室にいない。

　夜紘くんは職員室に呼ばれちゃってるし。

　陽世くんは相変わらず女の子たちに囲まれてるし。

　どうしよう、お昼を一緒に食べる人がいない!!

「陽世くーん。今日こそは一緒にお昼食べないっ？」

「あっ、ずるーい！　わたしも入れて！」

　せっかく天気もいいし、中庭とかでひとりで食べようか
なぁ。

　すると、偶然なのか陽世くんと目が合った。

「みんなごめんね。今日一緒に食べる約束してる子がいる
んだ」

「え〜、そうなの？　じゃあ、また今度誘うね？」

　そっかぁ……陽世くんは誰かと約束してるんだ。

　教室から出ようとしたら、あとを追うように陽世くんも
出てきた。

「あれ、陽世くんも今からお昼食べに行くの？」

「うん。叶琳ちゃんと一緒に食べようかなぁって」

「え？　一緒に食べる約束してる子はいいの？」

「それ叶琳ちゃんのことだよ？」

「えっ!?　約束してたっけ!?」

　もしかしてわたしが忘れてる!?

「だって叶琳ちゃん今日お昼ひとりでしょ？　だから一緒に食べたいなぁと思ってね」

　あっ、わたしがひとりだって気づいてくれたんだ。

　それで女の子たちのお誘いも断ってくれたのかな。

「な、なんかごめんね。あんなに女の子に誘われてたのに」

「もともと断るつもりだったから気にしないで」

　人気のある場所だと目につきそうだから、屋上でお昼を食べることに。

「今日いい天気だねっ。青空の下でお弁当食べるのって久しぶりかも」

「僕は叶琳ちゃんとふたりでお昼食べられるのうれしいなぁ」

「陽世くんとふたりでごはん食べるのはじめてだね」

「いつもは夜紘も一緒だからね。今は僕が叶琳ちゃんを独り占めできちゃうわけだ？」

「へ、変なことしちゃダメだよ!?」

「ふっ、別に何もしないよ。僕ってあんまり信用されてないのかな」

　陽世くん人の目は気にしないし、どこでも手つないできたりするし。

　油断できないのが陽世くんなのだ。

　お昼ごはんは簡単に食べられるサンドイッチ。

　パクパク食べてたら、あっという間に完食。

「ふぅ、美味しかったぁ」

「叶琳ちゃんはなんでも美味しそうに食べるね」

「そうかな。あっ、あとちょっとでお昼休み終わっちゃう
ね！　もう教室に戻らないと──」
「まって。まだ僕とふたりでいよ？」
「え、うわっ！」

　立ちあがろうとしたら、急に腕を引かれて。

　おまけに膝の上に陽世くんの頭が乗っかってきた。

「ちょっとだけ叶琳ちゃんに膝枕してもらおうかな」

　普段しっかりしてる陽世くんが、今は猫みたいに甘えて
きてる。

　それに、最近ちょっと気になってたことがあって。

「あれ、ダメって言わないんだ？」
「なんだか陽世くんちょっと疲れてるように見えたから」

　休み時間は女の子たちに囲まれてるし、放課後も先生た
ちから頼まれごとされてるのをよく見かけるし。

「少しだけ、いつもの陽世くんと違って顔色が悪いように
見えたから。その……心配で」

　もしかしたら、陽世くんにはゆっくり休める時間がない
んじゃないかなって。

　今だって、わたしがひとりにならないように一緒にお昼
を食べてくれたり。

　きっと、これは陽世くんの優しさ。

「えっと、みんなに優しくするのはすごくいいことだけど、
無理しないでね。陽世くんは自分にも優しくしてね？」
「叶琳ちゃんだけだね。そんな些細なことに気づいてくれ
て、気遣ってくれるのは」

「あと、わたしでよかったら話とか聞くし、手伝えること
があったら言ってね！」

「ありがとう。叶琳ちゃんがそうやって気づいてくれて、
言葉をかけてくれるのがうれしいよ」

　わたしの手の甲にキスを落としてきた。

「叶琳ちゃんがこうやって優しくするのが、僕だけだった
らいいのにね」

双子の甘えた攻撃。

　ふたりと同居を始めて1ヶ月ちょっとが過ぎた5月。

　やっと今の生活に慣れてきた……はずなんだけど！

「夜紘くん！　またネクタイ曲がってるよ！」

「ん、じゃあ叶琳が直して」

「ええっ、毎日直してるよ!?　それに夜紘くんのほうが器用なのに！」

　朝、学園に行く前はバタバタ忙しい。

　ほぼ毎朝、夜紘くんが狙ったかのようにネクタイをうまく結べてない。

　それをなぜかわたしが直してあげることになり。

　わたしは中学校はセーラー服で、高校はリボンだからネクタイ結ぶの慣れてないのに。

「えっと、あれ？　こうじゃなくて……」

　うぅ、ネクタイ難しい……！

　それに夜紘くんと身長差があるから、余計に手こずっちゃう。

「夜紘くん、もうちょっとかがんで！」

「ん」

「きゃう……っ、近いよっ」

　狙ったように頬にキスしてくるの。

「あー……かわい」

「っ、からかわないで……っ！」

「……唇にもする？」

「うぅ……しない……っ」

「そんな可愛い顔してよく言うね」

　陽世くんがそばにいないのをいいことに、夜紘くんの暴走が止まらなくなってる！

　迫ってくる夜紘くんを、必死に押し返してると。

「あー、やっぱりここにいた。また抜けがけして叶琳ちゃんのこと独占してる」

「それ陽世にも言えることだし」

「そんな夜紘に今父さんから電話かかってきてるよ？」

「は……？　別に俺用事ないんだけど」

「夜紘は用なくても、父さんがあるんだから出ておいでよ」

　こうして夜紘くんが部屋から出ていって、陽世くんとふたりっきり。

「ねぇ、叶琳ちゃん。夜紘とここで何してたの？」

「え、あっ、夜紘くんのネクタイ直してて」

「へぇ、そっかぁ。じゃあ、僕も直して？」

「今でも十分綺麗に結べてるよ？」

「夜紘だけずるいよ。僕も叶琳ちゃんにやってほしいのに。ダメ？」

　ダメって言わせない、陽世くんのねだり方。

　そんな顔して言うのずるいよぉ……。

　結局断れず、結び直してあげることにしたんだけど。

「この角度の叶琳ちゃんたまらなく可愛いね」

「へ……？」

「夜紘の気持ちわかるなぁ。ずっと眺めてたいね」

「……？」

「あぁ、ほら……上目遣い可愛い」

「っ……!?　ふぇっ!?」

「可愛いからしちゃった」

「ほっぺにキスするのダメ……！」

　こうも毎日ふたりから迫られて、ドキドキしないほうが無理なわけで。

「や、やっぱりこんな生活変だよ……!!」

「えー、今さらじゃない？」

　ふたりはお構いなしでグイグイ攻めてくるから。

　わたしの心臓は、ちっとも休まる暇がない。

＊　＊　＊

「あれっ、叶琳ちゃんなんかお疲れだね〜？」

「夏波ちゃん……わたし全然休まらないよぉ」

　今やっとお昼休みを迎えて、ふたりと離れて夏波ちゃんとお昼ごはん。

「ええ〜、急にどうしたの？　あっ、もしかして双子くんたちに攻められすぎて、休まる暇がないとかっ？」

　その通りなんだけど、なんで夏波ちゃん楽しそうなの。

「イケメンふたりに溺愛されるなんて、少女漫画の世界じゃんっ。全女子憧れのシチュエーション満載だ〜！」

「溺愛っていうのは違うような」

「違わないよ～！　ふたりとも叶琳ちゃんを特別に想ってるのわかるよ！　他の子と接し方があきらかに違うもん！」

「そんなに違いあるかな」

「陽世くんはみんなに優しいけど、叶琳ちゃんのことは特別に甘やかしてる感じするよ～？」

　陽世くんはいつも女の子に囲まれて大人気だから。

「あとね、夜紘くんもわかりやすいよ～！　だって、叶琳ちゃん以外の女の子と話したがらないじゃん！」

「それはもともとの性格もありそうだし」

「いーや、だって叶琳ちゃんには懐いてるじゃん！　叶琳ちゃんだけには自分から話しかけてるし、抱きついてるときだってあるし！」

「あれはわたしを抱き枕と勘違いしてるんじゃ……」

「あはは、何それ！　叶琳ちゃんだからだよ～！　それに夜紘くんね、よく叶琳ちゃんのこと見てるんだよ？」

「え、そうなの？」

「うんうんっ。わたしと話してるときとか、何か視線感じるな～と思って見たら、夜紘くんがずーっと叶琳ちゃんを見てるの！　それも、すごく愛おしそうに見てるんだよ！」

「へ、へぇ。それは知らなかったかも」

　夜紘くんって、教室ではほとんど寝てるし。

　起きてるときは、よく窓の外見てるし。

　ふたりがそばにいないときは、あまり意識してなかったけど。

　ふたりとも、そんなにわたしのこと気にかけてくれてたんだなぁ。

　——それがわかったのが、とある日の体育の授業中。

「はぁぁ……わたし運動苦手なのに」

「大丈夫だよ〜！　わたしとペアだから頑張ろうっ！」

　体育の授業は選択で、夏波ちゃんとテニスを選んだ。

　……のはいいんだけど。

　わたしは壊滅的に球技が苦手で相性が悪い。

　小学校の頃、バスケットボールをやって足首を捻挫。

　中学校の頃、バレーボールをやって2回にわたって指を骨折。

　まあ、どれも運が悪かったといえばそうかもだけど。

　さすがにテニスなら大丈夫……だよね？

　でもテニス舐めてました。

「えっ、テニスラケットってこんなに重いの!?」

　意外と重くて身体がもっていかれそう……！

　こ、これはまずい……。

　ケガをする予感しかしない……。

　——で、こういう予感って当たっちゃうもので。

　最初に試合のルールを説明されて、そのあと軽く素振りの練習をして。

　いざコートに入って実践のときに事件発生。

　サーブの練習で、ボールを上に投げてラケットを振ろうとした瞬間。

「うわぁぁぁ……!!　きゃぁ……っ!!」

　上を向きすぎて、身体が見事に後ろにひっくり返ってしまい……。

　そのままドーンとしりもちをついた。

「うぅ、いたっ……!!」

　テニスコートの外まで、わたしの盛大な叫び声が。

　足首痛いし、しりもちついて痛いし……!

　もう踏んだり蹴ったり……。

「叶琳!」

「叶琳ちゃん!」

　ほぼ同時。

　夜紘くんと陽世くんの声が。

　ふたりとも血相を変えて、慌てた様子でコートの中に入ってきた。

　え、え??

　ふたりともグラウンドで別の授業を受けてたんじゃ。

　まさか、わたしの叫び声を聞いて駆けつけてくれたの?

「叶琳ちゃん大丈夫!?」

「ケガは?　ってか、何があった?」

「誰かに何かされたの?」

「痛いところは?　もし歩けないならすぐ医者に——」

「ふ、ふたりとも落ち着いて。わたしがドジして転んじゃっただけで」

　こんなにふたりが慌ててるところはじめて見た。

　周りのみんなも、普段と違うふたりを見て驚いてる。

「……叶琳に何かあったかと思って本気で焦った」

「僕もだよ。叶琳ちゃんに何かあったら心配しないわけな
いからね」

「ご、ごめんね。ちょっと大げさなことになっちゃって」

　ふたりがこんなに心配してくれるなんて。

「立てそう？　僕が保健室まで運ぼうか？」

「足首ちょっとひねったくらいかな。でも大丈夫、ひとり
で歩け――うわっ！」

「……俺が運ぶからおとなしくしてて」

「え、え!?　大丈夫だよ!?」

　夜紘くんがわたしをお姫様抱っこした瞬間「キャー!!」っ
て、女の子たちの悲鳴(ひめい)が。

　さっきのわたしの叫び声よりすごいかも。

「いいから。俺が叶琳のこと心配で仕方ないの」

　優しくて心配性な夜紘くん。

　いつもは甘えてばかりで、無気力なのに。

　こんな夜紘くんの一面知らなかった。

　　　　　　　　　　＊　＊　＊

　保健室に連れてきてもらったけど、あいにく先生がいな
いみたい。

　ベッドを仕切ってるカーテンをサッと開けて、その上に
ゆっくりおろされた。

「夜紘くん、ごめんね。重かったよね」

「……全然。軽すぎてマシュマロかと思った」

「マシュマロ!?　わたしそんな軽くないよ!?」

「俺にとってはそれくらいだったよ。ケガの手当てするから、叶琳は座ってて」

　わたしの頭を軽くポンポン撫でて、夜紘くんは救急箱を探しに。

　しばらくして、湿布と包帯を持って戻ってきた。

「ひねったほうの足出して」

「えっと、これくらい自分でできるよ?」

「いいから。俺がやってあげたいんだよ」

　夜紘くんが優しく触れてきて、テキパキ処置を進めてくれた。

「湿布ちょっと冷たいかも」

「……ひゃっ、ん」

　夜紘くんが言う通り冷たい……っ。

　それに変な声出ちゃったし。

「はぁ……なんでそんな煽るような声出すの」

「え、あっ、冷たくて」

　それから足首に包帯を巻いてもらった。

「夜紘くん、ありがと──」

　お礼を言ったら、肩を軽くポンッと押されて。

　身体がふわっとベッドに沈んだ。

「へ……あっ」

「煽った叶琳が悪いんだよ」

　夜紘くんがベッドに両手をついて、ギシッと軋む音。

「や、ひろ……くん?」

　ふたりっきり、ベッドの上。

　みんなに内緒で、保健室でイケナイコトしてる。

「……わかる？　叶琳のせいで俺の身体熱くなってんの」

　シャツ越しに触れた夜紘くんの身体は、だいぶ熱い。

　それに、心臓がバクバク鳴ってるの。

「……いま叶琳のこと欲しくてたまんない」

「はつ、じょう……してるの？」

　夜紘くんの瞳がいつもと違う。

　熱くて余裕がなくて……もの欲しそうな瞳。

　それに……甘い匂いがふわっとする。

「叶琳が可愛すぎるから」

　そんな瞳で見ないで……。

　心臓がドクッと激しく跳ねて、甘い熱に誘われそうになる……。

「……けど、叶琳が嫌なら我慢する」

　なんとか理性を保とうとするのに。

　夜紘くんの瞳が……そんなの許してくれない。

「授業中……なのに」

「顔が拒否してないよ」

　危険な笑みを浮かべて、ベッドを隠すように……カーテンを閉めた。

　簡単な密室空間。

「叶琳のぜんぶに甘いことしてあげる」

「……やっ、服の中に手入れちゃ……ぅ」

　指先でピタッと触れて、ツーッとなぞって。

　夜紘くんに触れられたら、身体は簡単に熱を帯び始める。

「ほらこんなわかりやすく反応してんのに」

「ん……夜紘くんが、触る……からぁ……」

「俺が触るから……なに？」

「や……っ」

　肌を撫でながら、唇にふにふに触れてきて。

　もう冷静な思考なんてどこかいっちゃいそう……っ。

「今キスしたら極上にきもちいいだろうね」

「止まって、やひろくんっ……」

「叶琳の甘いフェロモンに俺もクラクラしてんの」

　じっと見つめ合ってるだけなのに、甘い香りがさらに強くなって引き寄せてくる。

「身体が敏感になってて、そこに強い刺激与えたらどーなる？」

「イジワルしないで……っ」

「狂って乱れる叶琳も見てみたい」

　残ってるわずかな力で、顔を隠そうとしたって。

　夜紘くんは阻止してくる。

「どんな叶琳もかわいーよ」

「っ……」

　変なの……。

　夜紘くんからの"可愛い"にちょっとドキドキしてる。

　それから授業が終わるまで。

「……叶琳もっと」

「や、ひろ……く……んっ」

「キスきもちいい？　もっとしたい？」

「あぅ……っん」

　ふたりでみんなに言えないことしてたのは秘密。

＊　＊　＊

　学校から帰ってきても、隙を見つけては夜紘くんが甘えてくるわけで。

　陽世くんがお風呂に入ってるとき。

「ねー……叶琳」

「なぁに？」

　ソファでくつろいでると。

「陽世がいない間に俺と甘いことしよ」

「え、えっ!?」

「叶琳とキスしたい」

「ふぇ!?　ま、まって！　今日だって保健室で……」

「あんなんじゃ足りない。もっと叶琳のこと欲しい」

　うぇぇ……あ、あんなにキスしたのに。

　夜紘くんのキャパどうなってるの……！

「ねー、ほら陽世に邪魔されないうちにさ」

「ま、ままままって！　ストップ!!」

「やだ、待てない」

　うわぁぁ、夜紘くんの暴走が止まんない！

　迫ってくる夜紘くんを必死に押し返して抵抗してると。

「あー。また叶琳ちゃんのこと独り占めしてる」

　ものすごいタイミングで陽世くんがリビングに。

　よ、よかった。助かったぁ。

「……陽世は邪魔だからどっかいって」

「またそうやって抜けがけするんだ?」

「俺が叶琳を独占できたらいーの」

「ずるいよ。僕も一緒に混ぜて」

　あれ、あれれ。

　なんで陽世くんまで参戦しようとしてるの!?

「陽世には叶琳の可愛いとこ見せない」

「僕を除け者にするんだ?」

「……もう叶琳は俺の部屋に連れて行くから」

「今日も僕と一緒に寝てもいいよ?」

「……そんなの俺が許すと思う?」

「思わないから奪っちゃうのもありだよね」

　今日は夜紘くんと一緒に寝る日。

　まだちょっと早いけど、強制的に夜紘くんの部屋へ。

「足の痛みとか平気?」

「あっ、うん。夜紘くんが処置してくれたおかげかな」

　わたしを抱きしめたまま、身体をベッドに倒した。

「あんま無理しないようにね。叶琳に何かあったら俺の心臓おかしくなるから」

「心配かけちゃってごめんね。えっと、あと今日すぐに駆けつけてくれてありがとう」

「叶琳のためだったら、いつだってすぐ駆けつける」

　なんで夜紘くんは、わたしにこんな優しいんだろう?

　昔からの家の言い伝えで出会ったわたしに、ここまでしてくれる理由がわかんない。

　家の決まりを守ってるから？

　わたしが運命の番かもしれないから？

　それとも……ただ本能が求める相手だから？

　どうしてだか、夜紘くんと一緒にいたら夜紘くんのことばかり考えちゃう。

　これは……別に夜紘くんを想ってるから……とかじゃなくて。

　ただ、運命の番かもしれない夜紘くんに対して、本能がそうやって働いてるだけ……？

　それとも――。

「……叶琳？」

「な、なに？」

「急に黙るからもう寝たかと思った」

「あっ……ううん。ちょっと考え事」

　今こういうこと考えるのやめよ。

　なんか胸のあたりがスッキリしないし。

「なんか悩み事？　俺でよかったら聞くけど」

「ううん、大丈夫。夜紘くんは優しいね」

「……誰にでも優しいわけじゃないから」

「え？」

「叶琳だから優しくしたい。ただそれだけ」

　ずるい言い方。

　そんな特別扱いみたいな。

「叶琳のこと四六時中独占できたらいーのに」

「い、今は夜紘くんだけだよ?」

「もう一生俺だけでいいよ。俺だけの叶琳がいい」

　夜紘くんの甘え方は、とっても心臓に悪い。

　今ドンッてちょっと大きく胸の音が鳴った。

「叶琳と結ばれる運命の相手が、俺ならいいのに」

　いつか陽世くんか夜紘くん……どちらがわたしにとって運命の番かわかる日が来るのかな。

陽世くんは頼れる優等生。

「ねーね、陽世くんっ。よかったら放課後勉強教えてくれないかなぁ?」

「あぁ、いいよ。わからないところまとめておいてくれると教えやすいかな」

「あっ、ずるいっ!　わたしも一緒に教えてっ」

　相変わらず女の子たちにモテモテの陽世くん。

　もうすぐ中間テストがあるから、みんな陽世くんに勉強教えてほしいってお願いしてる。

　陽世くん頭良いからなぁ。

　入学試験では夜紘くんと同じく、満点で合格したらしい。

　陽世くんと夜紘くん、ふたりとも見た目が完璧なうえに頭も良くて、運動もできて。

　このふたりにかなう男の子っているのかなぁ。

「じゃあ、今日みんなで放課後教室に残って勉強しようか」

「はーい!!　楽しみにしてるねっ」

　陽世くんすごいなぁ。

　自分の勉強だけじゃなくて、クラスメイトの子たちの勉強まで見てあげるなんて。

　夜紘くんは、授業中寝てばかりでノートも取ってないし、家で勉強してる姿も見たことない。

　なのに頭が良いってどうなってるの。

　わたしなんてちゃんと授業聞いて、家で復習までしてる

のに小テストの点数いつも平均くらいだし。

　これじゃ中間テストは赤点の可能性もあるかも……。

　夜紘くんか陽世くんに勉強教えてもらおうかな。

　陽世くんはみんなに教えてて大変そうだから、夜紘くんにお願いしよ。

　──で、お願いしてみた結果。

「うぅ……夜紘くん頭良すぎて何言ってるかわかんないよぉ……」

　わたしと夜紘くんじゃ、そもそも基礎的な学力がまったく違うわけで。

「ごめん。俺、人に教えるのあんま得意じゃなくてさ……」

　どうやら夜紘くんは生粋の天才肌のよう。

　自分で理解する力はすごいけど、人に教えるのは苦手みたい。

　勉強が苦手なわたしのために、一生懸命教えてくれたけどわたしの理解力が追いつかず……。

　それで結局行きつく先は……。

「えっと、ごめんね。わたしまで面倒見てもらっちゃって」

「大丈夫だよ。叶琳ちゃんからのお願いなら僕なんでも聞くからね」

　あと数日に迫ったテスト初日に向けて、陽世くんと図書室でお勉強。

　テスト前の期間中ってこともあって、わたしたち以外にも何人か図書室を利用してる。

「じゃあ、叶琳ちゃんが苦手な科目からやっていこっか」

「うぅ、お願いしますっ……！」

　陽世くんは教え方が本当に上手で、わかるまでとことん教えてくれる。

　それに、ポイントを絞って教えてくれるから。

「ここはね、深く読み取らなくても前後の文章にヒントがあるんだよ」

「あっ、ほんとだ」

　わからなかったところがどんどんなくなって、問題集もすいすい解けちゃう陽世くんマジック。

「叶琳ちゃんは飲み込みが早いね」

「陽世くんの教え方が上手なおかげかな」

「そんなことないよ。叶琳ちゃんが頑張ってるからだよ」

　陽世くんは教えるのも上手だし、ほめるのもとってもうまい。

　問題ひとつ正解するだけで、すごくほめてくれる。

　テストの範囲が広くて、ぜんぶ終わるか不安だったけど。

　陽世くんのおかげで、わからないところが半分くらい理解できた。

　そして２時間くらい教えてもらい続けて──。

「あっ、もうこんな時間」

　気づいたら夕方の５時を過ぎてた。

　さっきまで何人かいた生徒も、もうみんな帰っちゃってる。

「叶琳ちゃんすごく集中してたね」

「陽世くんに教えてもらったら、わからないところがどんどんなくなったから！」

「そっか、よかった。叶琳ちゃんの役に立てて」

　みんなが陽世くんを頼る理由がよーくわかった。

「陽世くんわたし以外の子にも勉強教えてて、自分の時間取れてないよね？」

「僕のことは気にしなくていいよ？　それよりも叶琳ちゃんに頼ってもらえたことがうれしいから」

　夕方の図書室でふたりっきり。

　妙に雰囲気だけが先走って……ちょっとドキドキする。

「放課後の図書室ってさ、なんかドキドキするね」

「へ!?」

　陽世くんも同じこと考えてたのかな。

　それともわたしの考えてること読み取っちゃったの？

「ふっ……ほら、叶琳ちゃん。図書室では静かにしないとダメだよ？」

　陽世くんの人差し指が、そっとわたしの唇に触れた。

　あっ……この距離とっても危険。

　間近で絡む視線と、誰にも邪魔されないふたりっきりの空間。

「……顔真っ赤だね。もしかして意識しちゃった？」

「うぅ……」

「今は僕だけだね……こんな可愛い叶琳ちゃんを独占してるの」

「くちびる……っ」

「ん？　唇がどうしたの？」

　普段の陽世くんは優しい。

　でも、甘いことするときはとてもイジワル。

「ん……っ」

　唇に指先をグッと押し付けてくる。

　これ以上接触するのはダメ……っ。

「さっきから可愛い声しか漏れてないね」

「っ……ひなせくんが、触る……から」

「たまらないね。頬真っ赤にして、瞳うるうるさせて」

「もう……っ」

「僕ね、叶琳ちゃんのそういう顔だいすき」

　陽世くんが近づいてきて、唇が触れる寸前――。

　チャイムが鳴って、ドキッとした。

「おしかったね。あとちょっとで叶琳ちゃんにキスできそうだったのに」

「……っ」

「時間切れかな。そろそろ帰らないと、夜紘の機嫌が大変なことになりそうだもんね」

*　*　*

　そんなこんなで、陽世くんのおかげで無事に中間テストを乗り越えることができた。

　ただ、陽世くんの日常が忙しいのは変わらずで。

「おーい、京留。ちょっといいか」

　また先生に呼ばれてる。

「悪いがこれを放課後までにクラス全員分まとめて回収し

てもらってもいいか？」

「はい、大丈夫ですよ」

「いつもすまないな」

「いえ。じゃあ、放課後までに揃えて持っていきますね」

　嫌な顔ひとつせずに引き受けてる。

　また別の授業でも。

「京留くん。またこれお願いしてもいいかしら？」

「大丈夫ですよ。それじゃあ、ぜんぶ集計してまとめてから提出しますね」

「京留くんは本当に優秀で助かるわ」

　いろんな頼みごとをされても、ぜんぶ引き受けてひとりでこなしちゃう陽世くん。

　そして陽世くんは、クラスメイトたちからの頼まれごとも多くて。

「京留！　今日よかったらサッカー部の助っ人に入ってくれないか！」

「あぁ、いいよ。放課後少しだけどいい？」

「めちゃくちゃ助かる!!　サンキューな！」

「いいえ。それじゃあ、また放課後ね」

　陽世くんは運動もできちゃうから、運動部の子から助っ人を頼まれることもしばしば。

　毎日のように、陽世くんは忙しそう。

　こうも頼まれごとばかりだと、陽世くんが疲れちゃってないか心配。

　嫌な顔せずに常に笑顔な陽世くん。

　みんな陽世くんが笑顔で引き受けてくれるから、頼みやすいんだと思う。

　でもそれが、陽世くんの負担になってるかもしれない。

　わたしに何かできることがあればいいんだけど。

　──と思っていた矢先の放課後のこと。

　職員室に呼ばれて、しばらく先生と話してたら帰る時間が遅くなっちゃった。

　夜紘くんには先に帰ってもらって、陽世くんは──。

「あれ、叶琳ちゃんまだ帰ってなかったんだ？」

「えっ、陽世くんまだ残ってたの？」

　教室に戻ったらみんないなくて、陽世くんだけがいた。

「まだ少しやることがあってね。叶琳ちゃんは迎えの車で先に帰るといいよ」

　パソコンとにらめっこしながら、手元にある資料を照らし合わせて見てる。

「それ、誰かからの頼まれごと？」

「そうそう。これが終わったら資料をまとめるの頼まれたから、まだ帰れそうにないかな」

　こ、これひとりでやる量なの……？

　隣の机にドンッと置かれたプリントの山。

「大変じゃない……の？」

　今だってパソコンでデータをまとめてるっぽいし。

「まあ、こういうのは苦手な人がやるよりも、得意な人がやったほうが効率も良いからね」

　陽世くんは人よりなんでもできちゃうから、その分得意

なことだって多いはず。

　だからって、ぜんぶ陽世くんがやるのは違うと思う。

「叶琳ちゃんも今日授業で疲れたでしょ？　早く帰って
ゆっくりするといいよ」

　それは陽世くんも一緒なのに。

　陽世くんは、いつも自分より他人を優先してる気がする。

　優しい陽世くんだから、それができちゃうのかもしれな
いけど。

「どうしたの？　帰らないの？」

「陽世くんひとりで大変だろうから、わたしも手伝う！」

「え、いいよ？　叶琳ちゃんも早く帰りたいでしょ？」

「足手まといになっちゃうかもだけど、ちょっとでも協力
したいの！」

　陽世くんみたいに、パソコン得意じゃないし器用じゃな
いけど。

「少しでも陽世くんの負担を減らしたい……と思って！」

　陽世くんが、ちょっとびっくりした様子で目をぱちくり
してる。

「えっと、陽世くんひとりが頑張るのは違う……と思うの」

「……？」

「陽世くんみんなに優しくて、頼りにされやすいから。そ
の……あんまり無理しないでほしいなって。頼まれたら断
れないこともあるだろうし……。でも、それで陽世くんの
負担がどんどん増えちゃってるような気がして」

　これはわたしが客観的に見て思ったことで。

「あっ、余計なお節介だったらごめんね……！」

　陽世くん忙しいのに、わたしのせいで手が止まっちゃってる。

　しかも黙り込んじゃったし。

　やっぱり余計なことだったかな。

「あ、あのっ――」

　急に優しく手をつながれてびっくり。

「そんなふうに気遣ってくれるのは……やっぱり叶琳ちゃんだけだね」

　いつもの優しい笑顔の中に、どこかうれしさも混ざってるような笑顔。

「僕さ、叶琳ちゃんのそういう誰も気づかないところに気づいて、優しい言葉をかけてくれるところすごく好きだよ」

　さらに陽世くんは話し続ける。

「人に頼られることは昔から慣れてるから平気。でも、頼られすぎるとちょっと疲れちゃうよね」

「…………」

「僕ね、昔から夜紘と比べられることが多くて。別にそれで何か悩んでるとかはなかったけど。ただ、周りに期待されてそれに応えなきゃいけない……って思ったら、断ることができなくなっちゃってね」

　これは陽世くんにしかわからない。

　きっと、陽世くんがひとりでずっと抱え込んでたこと。

「自分の負担が増えても、それで周りからの評価が上がるならそれでいいやって。ただ、ちょっと感覚が麻痺してき

たのかな。どれだけいろんな人に頼られても疲れたとか、
嫌だとか、なんとも思わなくなってきたんだ」

　いつも完璧な陽世くんが、いま少しだけ弱い一面を見せて
くれてる気がする。

「その点、夜紘は自分がやりたくないことは、きっぱり嫌
だって言えるからすごいよね。僕はそれができずにいい子
を演じちゃうから。でもその結果、僕と夜紘に大きな差が
つくとかなくてさ。夜紘は僕と同じくらい……もしくは僕
を超えるときだってあるから才能なのかなぁ」

「…………」

「僕ずるいんだよ。周りからの評価をあげるために、何も
かも完璧にこなす優等生のフリをしてるだけだから――
って、ごめんね。なんか重たい話になっちゃったね」

「あ、謝らないで……っ」

　気づいたら大きな声が出ていた。

「わ、わたしの前では無理しないで。わたしじゃ頼りない
かもしれないけど、陽世くんが抱えてる負担ちょっとでも
減らしたいの」

　きっと周りのみんなは、陽世くんは完璧で弱いところなん
かないと思ってる。

　わたしもそう思ってたところがあったから。

「誰かのために優しくできる陽世くんはすごいと思うの。
でも、陽世くんはもっと自分のために行動してもいいん
じゃないかな。陽世くんにはもっと自分を大切にしてほし
い……です」

　あぁ、また余計なこと言っちゃった……。

　別にわたしなんかに言われなくても、陽世くんならそれ
くらいのことわかってるよね。

「ずるいよ──叶琳ちゃん」

「……え？」

「どうして僕の心をどんどん溶かしていくの」

　強く……優しくギュッと抱きしめられた。

　その瞬間、身体が少し熱を帯びて……心臓がうるさい。

「どうしたら叶琳ちゃんは僕だけのものになる？」

　ふわっと甘いバニラの匂い。

　陽世くんの温もりに包まれて……今は陽世くんのことで
頭の中がいっぱい。

「──夜紘に渡したくない」

「え、あっ……」

　唇のほぼ真横にキスが落ちてきた。

　陽世くんの顔が間近で、目がしっかり合って。

「叶琳ちゃんと結ばれるのが僕だったらいいのに」

　わたしの気持ちは──いま誰に向いてる……？

夜紘くんとふたりっきりの夜。

「ん……ん？」

　首元がなんだかくすぐったい。

　まだアラームが鳴ってないから、起きるには早いし。

　でも、首のところになんか違和感。

　ゆっくり重たいまぶたを開けると。

「え、あ……やひろ、くん？」

「……起きた？」

　わたしの首筋に埋めてた顔をパッとあげた。

　ベッドのそばにある時計は、まだ朝の6時過ぎ。

　昨日の夜は夜紘くんと寝ることになって、たしかに一緒に寝たはずなのに。

　なんで今わたしの上に覆いかぶさってるの？

「何しても起きないから心配したけど」

「な、何してもって、何してたの……？」

「叶琳の寝顔かわいーから我慢するの無理」

「へ……？」

　あれ、これ前にも陽世くんと似たようなことがあったような。

「もっとしていい？」

「ひぇ……っ、なんで服脱がしてるの……っ」

　部屋着ちょっとはだけてるし……っ！

「叶琳は俺のだって……もっとわかるようにたくさん噛み

痕残したい」

「か、噛み……!?」

　えっ、ちょっと待って！

　朝から夜紘くんが暴走してる……！

「叶琳のやわらかい肌すき」

「やっ、ぅ……」

　少しチクッとして甘く噛んで。

「……身体反応してんの可愛い」

「っ……、うぅ」

　ベッドのシーツをつかもうとしても、ちょっとずつ力が入らなくなっちゃう。

「そこ、噛んじゃダメ……。制服で隠せない……っ」

「隠さなくていーんだよ」

　ブラウスから見えちゃう位置ばっかり。

「ねー、叶琳。もっと熱くなることする？」

「し、しな……ひゃぁ……ぅ」

「ほら……叶琳の肌もう熱くなってる」

「んっ……撫でちゃダメ……っ」

「無防備にしてる叶琳が悪いんだよ」

　裾をまくりあげて、中に手が入ってきてる。

「キャミソールいらないね。邪魔だから脱がしたくなる」

　お腹のところを大きく撫でながら、その手がどんどん上にあがって。

　胸のあたりに軽く指先が触れてる。

「……ここにも痕残したい」

「っ……やっ」

「ね、ダメ……？」

「ぅ……だ、め……」

　めまいみたいにクラクラ揺れてる。

　これ以上は止めなきゃ……って思ったら。

　ピーッて音がした。

　今の部屋のロックが解除された音？

「あーあ……せっかくいいところだったのに」

「もう、おしまい……っ」

　陽世くんといい、夜紘くんといい、なんでこんな朝から
甘いことしてくるの……っ！

*　*　*

「……りん、ちゃん」

「…………」

「叶琳ちゃん？」

「……はっ」

「どうしたの、ボーッとして。授業終わったよ？」

　急に陽世くんの顔が視界に飛び込んできてびっくり。

　あ、もう授業終わったんだ。

　1時間まったく集中できなかったぁ……。

　夜紘くんのせいだ……っ。

　朝からあんなことするから……！

「次の授業で使う生徒が来てるから移動しよっか？」

　今は選択授業で、わたしは陽世くんと一緒。

　夜紘くんは違う教室で授業を受けてる。

「今の授業全然ノート取れなかった……」

「ずっと上の空だったもんね。あとで僕のノート写すといいよ」

「ええっ、そんな悪いよ……」

「叶琳ちゃんの役に立てるなら、むしろうれしいよ」

　すると、隣を歩いてる陽世くんが急に足を止めた。

　もちろん……わたしの手を引いて。

「夜紘のこと考えてたから上の空だったの？」

「へ……？　な……んで？」

「僕が気づいてないと思った？」

「え……？」

「首元……夜紘のキスマーク見えてるよ」

「っ……！」

「髪でうまく隠してるつもりかもしれないけど。僕にはお見通しだよ？」

　首にかかる髪をスッとどかして、赤い痕が残ってるところを指でなぞりながら。

「昨日はなかったから、今日つけられたの？」

「ぅ……」

「ずるいなぁ。夜紘はすぐ抜けがけするから」

　ひ、陽世くん近い……っ。

　とっさに目をつぶると。

「夜紘にたくさん甘いことされて、頭の中ぜんぶ夜紘でいっ

ぱいなの？」

　っ……、むりダメ。

　また夜紘くんにされたこと思い出しちゃう。

　身体の内側が熱くなる感覚とか。

　肌に吸い付く唇の感触<ruby>感触<rt>かんしょく</rt></ruby>とか……。

　うぅぅ、なんてこと思い出しちゃってるの……！

　ギュッとつぶった目を開けたら。

「……っと、大丈夫？」

「っ……、だいじょう……ぶ」

　クラッとふらついた。

　あれ、なんでこんなふらふらする……？

　それに、ちょっと息苦しい。

　これって、もしかして……。

「熱っぽいね？　そんな状態で戻れる？」

　どうしよう……。

　これ発情しちゃった……？

　いま一緒にいるのは陽世くん。

　考えてたのは夜紘くんのこと。

　これってどっちに発情してるの……？

「こっちおいで。僕が抑えてあげる」

　空いてた教室に連れ込まれた。

　扉が閉まったと同時に、鍵がかかった音もした。

「僕に発情しちゃったの？」

「ぅ、これは……」

「……いま一緒にいるのは僕だもんね？」

「耳元で喋っちゃ……っ」

「あぁ、もっときもちよくなっちゃう？」

　ただでさえクラクラするのに。

　耳元で甘くささやかれるとゾクゾクしちゃう。

「可愛いなぁ。僕のこと欲しがってるなんて興奮するね」

　こんなのダメって何度も思ってるのに。

　……考えに反して甘い熱に流されちゃう。

「ほんとはもっと焦らして、叶琳ちゃんから可愛くおねだりされたいけど」

　あっ……陽世くんの顔近い……。

　あとちょっとで唇触れちゃ——。

「僕も我慢の限界だから……しよっか」

「んん……っ」

　触れた瞬間、ピリッとしてクラッと揺れる。

　どうしよ、このキスはダメ……っ。

　陽世くんのキスはゆっくりで……でも、じっくり唇をまんべんなく攻めてくるような。

　じわじわと甘いキスに酔っちゃいそう……。

「……はじめてだね、僕とキスしたの」

「ふっ……ぁ」

「夜紘とはもうした？」

「ん……ぅ」

「……聞かなくてもしてるよね。夜紘が我慢できるわけないから」

　抵抗したいのに、指先まで力が入らない。

　それに……さっきから身体が変……。

　熱がぶわっとあがることもなくて分散しない。

　少し前……一度だけ夜紘くんに抑えてもらったときと感覚が違う。

「キスしたのに発情治まってないね」

「っ……」

「もしかして僕じゃなくて夜紘に発情したの？」

　うそ……っ、そんなことある……？

「おかしいなぁ。叶琳ちゃんと一緒にいるのは僕なのに」

　夜紘くんのこと考えただけで、こんな状態になっちゃうの……？

　前はそんなことなかったのに。

「僕と一緒にいるのに夜紘に発情するなんて……叶琳ちゃんひどいなぁ」

「これは……っ」

「夜紘に嫉妬してるよ。いま叶琳ちゃんとキスしてるのは僕なのに」

　唇に触れるだけの優しいキス。

「身体は夜紘を欲してるんだもんね」

　頭ふわふわして、あんまり声が聞こえない。

　このまま気を失っちゃったら楽なのに。

　意識が飛びそうで飛ばない。

「仕方ないなぁ。夜紘のこと呼ぶから待っててね」

　身体が熱くて、息が苦しいまま。

　心臓もすごくバクバク鳴ってる。

　発情はずっと続いて、身体が満足するまで普通の状態に戻れないんだ……っ。

　前にもらった抑制剤を飲むことも考えた……けど。

　正直、身体がそれどころじゃなくて。

　少ししてから夜紘くんが来てくれた。

「はぁ……ずっと探してたけど、こんなとこにいるの？」

「あ、夜紘もう来ちゃったんだ？　あと少し遅かったら、僕が叶琳ちゃんともっとキスしてたのに」

「は……？　叶琳とキスしたってこと？」

「だって僕と一緒にいるときに発情したから、相手は僕だと思うのが普通だよね」

「……チッ。陽世が叶琳にキスしたとかムカつく」

「仕方ないでしょ？　叶琳ちゃんは僕か夜紘、どっちに発情するかわからないんだから」

　今も発情したまま、陽世くんに支えてもらわないと立っていられない。

「陽世はもう用なしだから、さっさと出ていって」

「わー、夜紘ってば口悪いね。僕と叶琳ちゃんがキスしたことそんなに怒ってるの？　夜紘だって、わかりやすいところにキスマークつけたくせに」

「……だったらなに？」

「僕だってね、この痕見たら平然としていられないよ？ものすごーくムカついてるからね」

「はぁ……。とにかく今は叶琳のことが優先だから。陽世は今すぐここから出ていって」

「あ、そうやって話はぐらかすんだ？　ってか、なんで僕
追い出されちゃうの？」

「叶琳がいま欲しがってるのは俺だから。陽世は邪魔。今
すぐ消えて」

「もし今度叶琳ちゃんが僕に発情したら、同じこと言って
あげるね」

　さっきから身体が熱いままで、ふたりの会話があんまり
耳に入ってこない。

　でも、陽世くんの気配がなくなって、夜紘くんだけになっ
たのがわかる。

　夜紘くんに抱きしめられた途端、身体がぶわっと熱く
なって甘い匂いにクラッとした。

「叶琳……おいで。俺とキスしよ」

「んっ……」

　夜紘くんにキスしてもらったら、熱がいったんグーンと
あがって……しばらくしてぜんぶパッと抜けていった。

　でも……自分の気持ちもわからないまま、本能が求める
相手とキスしちゃうのは、やっぱり違う気もする。

＊　＊　＊

──翌日。

「なんで僕だけ呼び出されるのかなぁ」

「……父さんに呼ばれたら逆らえないでしょ」

「しかも１日帰れないって。夜紘なんか仕組んだでしょ？」

「俺は何もしてないけど。陽世だけ来いって言われてるんだから潔く従えば？」

　なんでも、陽世くんだけお父さんから呼び出されたみたいで。

　しかも、今日はこのまま帰ってこないっぽい。

　だから陽世くんは不満そう。

　反対に夜紘くんはなんだか満足そう。

「いつか夜紘も僕と同じ目に遭えばいいのになぁ」

「俺はならないし」

「もしなったら、いま僕にしたように追い出してあげるからね？」

　ひぇ……陽世くん笑顔で怒ってるの怖すぎる……！

　こうして、陽世くんは渋々出かけて行った。

　３人で暮らし始めてから、はじめて夜紘くんとふたりっきりで１日過ごすんだ。

　とはいっても、あまり変わったことはなくて。

　……と思ったら。

「今日ずっと叶琳のこと独占できてうれしい」

「さっきから抱きつきすぎだよ!!」

　夜紘くんが、いつも以上にベタベタ甘えてくる……！

　わたしがどこにいても、何をしててもお構いなし。

「ねー、叶琳」

「わわっ、またギュッてする……！」

　逃げても逃げても追いかけてくる抱きつき星人。

　わたしだって、こんなにずっと触れられたらもたないの

に……!

　意識してドキドキすると、すぐに発情しちゃうから。

　なるべく意識しないように、自分の中でうまく落ち着かせてたのに。

「あの、夜紘くん……っ。もう離してくれないと、わたしの身がもたないよ……！」

　もうそろそろ限界……っ。

　なのに。

「……叶琳のことギュッてするの好き」

　うぇっ、な、なにいまの……。

　ちょっと心臓おかしくなった。

　それに、甘えん坊の夜紘くん可愛すぎないかな!?

「ねー、叶琳。頭撫でて」

「ふぇ!?」

　な、なんなのこの猫みたいな夜紘くんは……！

　顎とか撫でたら、ゴロゴロ言いそうだよ!?

「……かーりん？」

「ふはっ！　はい！」

「早くしてくれないと噛みつくよ」

　わぁ……甘えん坊な猫かと思ったら、急に凶暴な猫になっちゃったよ。

「じゃ、じゃあ失礼します」

「ん、どうぞ」

　夜紘くんの髪って、ちょっと猫っ毛なのにさらさらしてるなぁ。

　ん……？

　というか、これっていつまで撫でてたらいいの？

「か、かゆいところありますか！」

「ふっ、ここいつから美容室になったの？」

「うぅ……だって、ただ撫でてるだけだと物足りないかなぁなんて」

「全然満足してるんだけど」

　あ、夜紘くんちょっとうとうとしてる？

　陽世くんを送り出したのが朝早かったから眠いのかな。

　夜紘くんは、朝がとても苦手だから。

「えっと、このまま寝る？」

「ん……ちょっと寝る。叶琳は俺から離れないで」

　ギュッてされたまま、ベッドに倒れちゃった。

　これはわたしも一緒に寝るの？

「や、やひろ、くん？」

「…………」

　え、もう寝た!?

　スヤスヤきもちよさそうな寝息が聞こえる。

　うそ、秒で寝ちゃったじゃん。

「ええ……わたしどうしよう」

　──と考えた結果。

　なんとか夜紘くんの腕の中から脱出。

　それから夜紘くんは、びっくりなことにお昼過ぎまで目を覚まさず。

　さすがにもうお昼だし、お腹も空くだろうと思って起こ

しにいこうとしたら。

「うわっ、夜紘くん……!?」

　なんとびっくり。

　夜紘くんは起きていたようで、いきなり後ろから抱きついてきた。

「や、夜紘くん？」

「…………」

　あれれ。反応がない。

　えっ、これまさか寝ぼけてる？

「やひろく——うわっ！」

「……叶琳のこと連れてく」

「え、どこに!?」

　寝ぼけた夜紘くんが、わたしをお姫様抱っこして夜紘くんの部屋へ。

　そのまま一緒にベッドに逆戻り。

「えぇっと、夜紘くん？」

「……なんで俺のそばから離れたの」

「きもちよさそうに寝てたから、わたし邪魔かなって」

「目覚めたとき叶琳がいなくて寂しかった」

　あれ、ちょっと拗ねてる？

　寝起きの夜紘くんは、いつもより甘えん坊。

「ご、ごめんね。ひとりにしちゃって」

「ん……寂しかった分、今から叶琳に相手してもらう」

　もしかして昼寝の続きの相手をしろと？

　どうやらわたしの考えは甘かったようで。

「時間気にしなくていいから——甘いことたくさんしよ」

　さっきまでの甘えたな夜紘くんはどこへやら。

　今わたしの上に覆いかぶさってる夜紘くんは、まるでオオカミみたいな瞳をしてる。

「や、やひろく……んんっ」

　唇ぜんぶを包み込むキスが落ちてきた。

　ちょっと強引で全然加減してくれなくて。

「んっ、や……っ。キスしちゃ……」

「……叶琳が俺のそば離れたからお仕置き」

　抗わなきゃいけないのに、抗えない……っ。

　それに、こんな甘いキスされたら……。

「ほら……キスだけでもう熱くなってんね」

「っ……やぁ……」

「可愛い……。ねー、もっと叶琳の熱ちょーだい」

　発情してるせい……なのか、理性がちっとも働かない。

　グラグラ揺れて、ぜんぶ溶けちゃいそう。

「口もっとあけて」

「ふぁ……っ」

「あー、今の声かわいー」

「んんっ……」

　唇に触れてる熱とは違う……口の中にゆっくり舌が入ってかき乱して。

「やっ……このキス、ダメ……っ」

「……こんな身体反応してんのに？」

　全身がゾクッとして、甘く響いて身体が震えてる。

「……かわいー。死ぬほど可愛い」

「んぁ……っ、ぅ」

　甘い熱が口の中で暴れて、どんどん溺れていっちゃう。

　発情のせいと、キスのせいで息がずっと苦しい。

「……いったん楽にしてあげよーか」

　目の前がチカチカして、たまっていた熱がぜんぶパッと
はじけた。

　まだ全然力が入らなくて、ベッドにグタッとしたまま。

　少し息を整えてると。

「……ほら、もっかいしよーね」

「やっ、ま……って。まだ治まったばっかり……」

「また俺が抑えてあげるからいーじゃん」

「よ、よくな……んん」

　何度も発情して治まっての繰り返し。

　夜紘くんは、止まらなくなると加減をまったく知らない。

＊ ＊ ＊

「キスしすぎて唇ヒリヒリする……っ！」

「……俺はまだしてもいーけどね」

「も、もうしない!!　あとは寝るだけ!!」

　やっと夜になって寝る時間。

　今日は陽世くんがいないので、もちろん一緒に寝るのは
夜紘くん。

「俺はもっと叶琳のこと独占したいのに」

「うぅ……キスしすぎだもん……っ」

　いくら発情を抑えるためでも、こうもキスばっかりされたら心臓もたないよ。

　それに、付き合ってない相手とキスするのは、やっぱり違うような気もする。

　すごく今さらな感じだけど。

「仕方ないから今日はこのまま寝ていーよ」

「う……ん」

　ただ、不思議なことに夜紘くんの腕の中はあたたかくて落ち着く。

　これは出会ったときからずっと変わらない。

　わたしたちが運命の番かもしれないから……こうして近くで触れ合っても嫌な感じがしないのかな。

　それとも──。

「叶琳が可愛いのは昔から変わんないね」

　最後にボソッと言われた言葉は、わたしの耳に届くことはないまま……深い眠りに落ちた。

陽世くんとデート。

「じゃあ、今日は僕と叶琳ちゃん帰ってくる予定ないから
ね?」

「……は? 何言ってんの。外泊禁止って言ったの陽世で
しょ」

「え、そうだっけ? 僕だけ特別にいいってルールにしな
かった?」

「……なんで陽世に都合のいいルールになってんの」

「あの、ふたりとも待って! そもそもわたしまだパジャ
マなんだけど!!」

　今わたしは絶賛寝起きでパジャマ姿。

　……だっていうのに、なぜか陽世くんにお姫様抱っこで
外に連れ出されそうな状況。

「今日は僕が1日叶琳ちゃんを独占できる日だからね」

　そうなんです。

　じつは今日陽世くんと1日ずっと一緒にいる予定。

　そもそもなぜこうなったのかというと。

　陽世くんの提案で、陽世くんと夜紘くんそれぞれと1日
ずつデートすることに。

　今日は陽世くんと、明日は夜紘くんとデート。

「このデートでどっちが叶琳ちゃんをドキドキさせられる
かな?」

　おまけに、わたしの右手首には腕時計型の何やら怪しい

装置がつけられてまして。

　なんでも、わたしがどちらのデートでドキドキしたか、その数値を脈拍をもとに計測するんだって。

　しかも、一定の脈拍数を超えると音が鳴るっぽい。

　つまり、わたしがドキドキしたらバレちゃうやつ。

　なんだか人体実験されてるみたい……。

「僕と叶琳ちゃんのデート邪魔しないでね？」

「……陽世こそ明日邪魔してきたら消す」

「わー、夜紘は相変わらず口悪いし物騒だね。それじゃあ、叶琳ちゃんいこっか」

「だ、だからぁ……わたしまだパジャマなんですけど!?」

「うん。叶琳ちゃんは今日も可愛いね」

　あぁぁ、わたしの声聞こえてない……！！

　抵抗むなしく、陽世くんにお姫様抱っこで外に連れ出されてしまった。

「それじゃあ、目的の場所までお願いね」

「はい、かしこまりました」

　そのまま車に乗せられて、行き先もわからないまま。

　30分くらいして、目的の場所に着いたみたい。

「じゃあ、いこっか」

「わたしこんな姿じゃ外歩けないよぉ……」

「それなら心配いらないよ？　今から僕がぜんぶ選んであげるからね」

　——で、連れてこられた場所は。

「ふぁ!?　こ、これはいったい……」

「叶琳ちゃんに似合うと思って用意させたんだよ？」

　洋服、アクセサリー、バッグ、靴（くつ）……何もかもが揃って
る……！

　し、しかも貸し切り……。

　これまさかお店ごと買い取ったとか言わない……よね？

「叶琳ちゃんが好きそうなもの揃えたんだけど」

「え、あっ、えっと」

「叶琳ちゃんは何を着ても可愛いから、これだけあると
迷（まよ）っちゃうね」

　やっぱり陽世くんは、ちょっと感覚がずれてる……！

　わたしのためにお店ごと貸し切って、おまけにこんなに
服とかアクセサリーまで用意してくれて。

　規模（きぼ）がすごすぎるよ。

「とりあえず彼女（かのじょ）に似合うものを見立ててもらえるかな」

「かしこまりました。では、こちらへ」

　女性の店員さんが、サッと何着か選んだものがラックに
かけられた。

「お好きな色はございますか？」

「あっ、えぇっと……」

　ど、どどどうしよう。

　こんな高級そうなところで洋服選んでもらったことない
から緊張する……！

「叶琳ちゃんはピンクか白が似合うよね」

「ではそちらの色味で選びますね」

「あとデザインは彼女の好みを聞いてもらっていいかな」

「承知いたしました」

　——で、3着くらいまで候補を絞ったんだけど。

　ぜんぶ試着して陽世くんに見てもらうことに。

「こちらはどうでしょうか」

「うん、可愛いね」

「ではこちらは」

「うん、もう可愛いすぎてどうしようか」

「こちらが3着目です」

「もうぜんぶもらおうか。あっ、でもそうなると今日は何を着たらいいかなぁ」

　ひぇぇ……陽世くんの金銭感覚バグってる……！

「このあと行くところにはドレスコードがあってね」

　ドレスコード??

　あんまり聞き慣れない言葉が登場。

　えっ、つまりめちゃくちゃ高級なところに行く予定ってこと？

　結局、チェック柄の丸襟が可愛い、落ち着いたピンクのワンピースに決まった。

「髪とメイクもお願いしよっか」

　髪は毛先までクルクル。

　肌はツヤツヤ、唇はうるうる。

「あぁ、可愛いよ叶琳ちゃん。僕のためだけにこんなに可愛くなって」

「えぇっと、変じゃない……かな？」

「とびきり可愛いよ。僕以外の誰の瞳にも映したくない」

　今日は陽世くんが、いつもよりとってもにこにこ。

「それじゃあ、このままデートしようね」

「えっ、あっこれお会計……」

「気にしなくていいよ？」

「で、でも！」

「いいんだよ。僕から叶琳ちゃんへプレゼント」

「ええ……っ。うっ、ありがとう」

　陽世くんは、何から何までスマートすぎる……！

　車で次の目的地へ移動。

　陽世くんにエスコートされて到着。

「せっかくだから、こういう場所でデートもいいよね」

　え、まって。

　これって船……だよね？

「クルージングの予約取れたから楽しもうね」

「っ……!?」

　陽世くんとのデートって、女の子の憧れがギュッと詰まりすぎでは……!?

　まるでお姫様になったみたいだもん。

　可愛くしてもらって、素敵な場所でデートなんて。

「叶琳ちゃんは紅茶でいい？」

「あっ、うんっ」

　ぜんぶ陽世くんが対応してくれて、わたしは緊張しすぎて周りをキョロキョロ。

「ふっ、落ち着かない？」

「こういう場所慣れてなくて！」

「僕もだよ。ちょっと緊張するね」

　うそうそ、陽世くん全然緊張してる様子ないよ。

　むしろいつも通り落ち着いてるし。

　わたしばっかりソワソワ。

「叶琳ちゃんこういうの好きかなって」

「わたしのこと考えてプラン立ててくれたの？」

「もちろん。せっかく叶琳ちゃんの１日もらったんだから、叶琳ちゃんがよろこぶことしたいと思ってね」

　陽世くんは、こういうことさらっとできちゃうからモテるんだろうなぁ。

　しばらくして、紅茶とスイーツが運ばれてきた。

「こ、このフレンチトーストふわふわっ!!」

　甘いシロップとバニラアイスがマッチしてる。

　それに、イチゴとかブルーベリーとか、フルーツもたくさん乗ってる。

　こんなに美味しいフレンチトーストはじめて食べた！

「陽世くん食べないの？」

「叶琳ちゃんが可愛すぎて目が離せなくてね」

「へっ!?」

「こんなに僕の気持ちを鷲掴みにしちゃうんだもんね。叶琳ちゃんは魔法使いかな？」

「わたし魔法使えないよ!?」

「僕はもう魔法にかかってるけどね」

「っ……！　からかっちゃダメだよっ！」

「からかってないよ？　僕は叶琳ちゃんの可愛さの虜なん

だから」

　陽世くんにドキドキさせられながら、景色とスイーツを
堪能（たんのう）して、約1時間のクルージングが終了。

「あっ、そうだ。せっかくだから、叶琳ちゃんにプレゼン
ト買いたいな」

「え!?　もうプレゼントもらって……」

　いま着てる服から、靴とかバッグとかぜんぶプレゼント
してもらったのに!?

「まだ足りないものあるでしょ？」

　──で、連れてきてもらったお店にまたしても仰天（ぎょうてん）。

「婚約指輪（こんやくゆびわ）プレゼントしてなかったもんね」

「えぇっ、気が早いよ!?」

「将来のためにサイズ見てもらわないと」

「こんな高そうなお店わたしには合わないよ……!!」

　わたしだけ場違い感がすごい……。

　陽世くんは馴染（なじ）んでるけど。

　それに、ここ高そうなジュエリーばっかりじゃ……。

　興味本位でケースにあるものを見てびっくり。

　うわぁぁぁ……金額の桁（けた）すごすぎる……！

　高校生のわたしじゃ、とても手が出せない金額ばかり。

「あ、あの陽世くん？　ここでアクセサリー選ぶのは……」

「気に入ったものなかった？」

「そうじゃなくて！　ど、どれも高そうで！」

「あ、これとか叶琳ちゃんに似合いそう。すみませーん、
ちょっといいですか」

　ひぃ……！　なんで店員さん呼んじゃうの!!

「彼女に指輪をプレゼントしたいんですけど」

「陽世くん、ストップ！　指輪はまた今度で!!」

「えー。じゃあ、ネックレスかブレスレットにする？」

「いやいや！　見るだけで十分っていうか！」

「すみません。彼女に似合うもの何点か用意してもらえますか？」

　あぁぁ、また陽世くんが暴走し始めてる……！

　すぐに店員さんが指輪、ブレスレット、ピアス、ネックレスをいくつか用意してくれた。

「彼女さんとても色が白いので、なんでもお似合いですね」

「そうなんです。僕の彼女ほんとに可愛くて」

　店員さん相手に惚気ないで……!!

　しかも彼女って……!!

「どれも叶琳ちゃんに似合うからぜんぶ買う？」

「まってまって!!　もうほんとに十分だから！」

　こんなに高いもの身につけてたら、心臓ヒヤヒヤだよ！

　もうこうなったら強行突破。

　わたしがお店を出ていくしかない！

「あれ、叶琳ちゃんどこ行くの？」

「そろそろ帰らないと、夜紘くんが心配するから！」

　店員さんにお礼を言って、なんとかお店の外に出ることに成功。

「叶琳ちゃんってば、せっかちだね」

「あのままお店にいたら大変なことになると思って」

「大変なこと？」

「ひ、陽世くんは気にしなくていいの！」

　陽世くんって、こういうところ無自覚だから怖い！

　それで、このまま帰るかと思いきや。

　陽世くんが、あともうひとつだけ行きたいところがあるみたいで。

　車に揺られること30分ほど。

「わぁ、海だっ」

「まだちょっと時期が早いけどね」

「足だけつかってもいいかなっ」

「転ばないように気をつけるんだよ？」

　海に来たのすごく久しぶり。

　小さい頃、お母さんとお父さんと来た以来……かな。

「わわっ、ちょっと冷たい！」

　浅瀬だけど、ちょっと波が強いかも。

「うわっ……きゃっ！」

　足を滑らせて転んじゃいそうになった。

「ほら、言ったそばから。はしゃぐのもいいけどケガしないでね？」

　とっさに陽世くんが受け止めてくれた。

　なんだろう、ふたりっきりなのは慣れてるのに。

　今ちょっとだけドキッとした。

　それに、陽世くんがそばにいるってわかると、鼓動が落ち着かないのはどうして？

「叶琳ちゃん手出して目つぶって」

「……？」

　言われるがまま、左手を出して目をつぶると。

「はい、いいよ。目開けて」

「えっ、これ……」

「叶琳ちゃんに似合うと思ったから内緒で買っちゃった」

　真ん中にハートがついたシルバーのブレスレット。

　もしかして、さっきのお店で？

　わたしがお店を出たあとに買ってくれたの……？

「指輪はまた今度だね」

「わ、わたし今日陽世くんにもらってばかりなのに」

「僕がしてあげたいと思ってるから気にしなくていいよ」

「で、でも……！」

「じゃあ、ひとつ僕のお願い聞いてもらおうかな」

　さらに強く……優しくギュッと抱きしめられた。

「今だけこうさせて」

　ふたりっきりで、周りはとっても静か。

　波の音に紛れて、自分の心臓の音が陽世くんに伝わらないといいな。

「ブレスレットって手錠みたいだね」

　陽世くんが触れてくる体温が妙に甘い。

「これで叶琳ちゃんの心がつかまえられたらいいのに」

　こんな状況でドキドキしないわけなくて——ピピッと右腕から音が鳴った。

　わたしが陽世くんにドキドキしてる証拠。

「え、あっ……」

「いま僕のことだけ考えてくれてる？」

　コクッとうなずくと。

　陽世くんは少し黙り込んだまま。

「じゃあ……僕か夜紘……どっちのほうが叶琳ちゃんにとって特別？」

　ふたり……どちらかを選ぶなんて──。

　最近、自分の気持ちがよくわからない。

　それに、ふたりにドキドキしないって言ったら嘘になる。

　でもそれは、ただふたりがわたしにとって番かもしれないから……？

　それにちょっと怖いの。

　自分の気持ちよりも、本能が勝っちゃうことが。

「このまま夜紘に渡したくないな……」

　ふたりに出会ってわかった。

　本能的に抗えない関係なんだって。

「僕だけの叶琳ちゃんになったらいいのに」

　運命の番だからとか、本能が求める相手とか……。

　そんなのぜんぶ抜きにして……わたしがいま本当に好きな人は誰？

夜紘くんとデート。

　昨日陽世くんとデートしたので、今日は夜紘くんと。

　てっきりどこか行くのかと思ったら。

「なんで僕が部屋から追い出されるのかな？」

「もう一生帰ってこなくていーよ」

「えー、ひどいなぁ。１分後に帰ってきてあげよっか？」

「お互い邪魔しないって約束どこいった？」

「はいはい。仕方ないね。じゃあ、帰ってきていいタイミングで連絡してよ」

「んじゃ、二度と連絡しない」

「ほら、そういうこと言っちゃダメでしょ。そうやって僕を除け者にして、叶琳ちゃんとイチャイチャするんだ？」

「だったらなに？　陽世だって昨日叶琳と出かけたくせに」

　陽世くんが部屋を出ていってからも、とくに出かける準備とかはしないまま。

「えっと、夜紘くん今からどこか行く？」

「ん……どこも行かない。家で叶琳とまったりする」

　これはもしや、おうちデート的な？

　夜紘くんらしいといえばらしいかも。

「まったりって、たとえば何するの？」

「んー……１日ベッドにいるとか」

「へ……？」

「ずっとキスして、余すことなく叶琳を愛すのもいいね」

「ふぇ!? そ、それはさすがに無理だよ!!」

「……なんで? 今日は俺とのデートなんだから、俺の言うこと聞くのがルールでしょ?」

「そんなルール知らないよ!!」

「だって俺がいま作ったし」

　この通り、夜紘くんはとっても自由。

　まさかほんとに1日ベッドで過ごすかと思いきや。

　気まぐれ夜紘くんは、唐突に無理難題を言ってくる。

「叶琳が作ったお菓子食べたい」

「え……」

　ほら、出ました。

　どうして急にそんなことを。

「なんでそんなあからさまに嫌そうなの?」

「わたしお菓子作りとかまったくダメで」

　レシピ通りやっても、ちゃんと作れたためしがない。

　だから今まで避けてきたのに。

「……いーじゃん。俺のために作ってよ」

「うぅ……それじゃ夜紘くんがお腹壊しちゃうよ」

　わたしが作ったお菓子食べて、体調不良になっても責任取れないよ?

「んじゃ、俺と一緒に作ろ」

「えっ、いいの!?」

　ひとりだと失敗するけど、誰かと一緒ならちゃんと作れる気がする!

　——なんて、期待したのに!!

「夜紘くん!! 抱きついてないで手伝ってよぉ……」

「ん……無理。叶琳のエプロン姿可愛くて死ぬ」

「うぅ……これじゃ失敗しちゃう」

　手伝ってくれるどころか邪魔ばかり。

「ってか、ポニーテール好き」

「うぇ?」

「首筋見えると噛みたくなる」

「っ……! こ、これは料理するのに邪魔だから結んでる
だけで!」

「うん、俺に噛まれたくてやってんの?」

「ち、ちがぅ!!」

　これじゃ、全然進まない!!

　テーブルの上で手をバンバン叩いちゃったのが失敗。

「あっ!! 計測器つけてたの忘れてた!」

　すっかり存在を忘れて、思いっきり叩いちゃったよ!

「こ、壊れてないかな」

「大丈夫じゃない? 正常に動いてるっぽいし」

　──で、結局わたしひとりで頑張るんだけど。

　夜紘くんのリクエストはクッキー。

「うわっ! え、なにこの変な色……」

　入れるもの間違えた!?

　レシピ通りやったのに……!

「なんか生地もパサパサ……」

　ちゃんと分量通りのはずなのに!

　パサパサすぎて、まとまらない。

「もうだからお菓子作りって苦手!!」

「叶琳が怒ってる」

「だって全然うまくいかないもん……」

　夜紘くんに怒っても仕方ないんだけど！

「卵足りないんじゃない？」

「2個必要って書いてあったからちゃんと入れたよ？　でもパサパサ……」

「んじゃ、もういっこ追加したら？」

　ほら、夜紘くんって結構テキトーなの。

「失敗したら夜紘くんが作り直してくれる？」

「……いーよ。たぶん失敗しないから」

＊　＊　＊

「もうわたし二度とお菓子作らない……」

　世の中の女の子すごいよ。

　お菓子作り得意ですとか一生言えない。

「いーじゃん。なんとか形になってるし」

　夜紘くんのテキトーさが功を奏したのか、なんとか生地がまとまって焼きあがった。

「……ん、あれ。意外と美味しい！」

「俺のおかげだね」

「夜紘くん何もしてないじゃん！」

　クッキーを食べたあとはＤＶＤ鑑賞。

　夜紘くんのことだから途中で寝ちゃいそう。

　……と思ってたら、エンドロールまでちゃんと起きてた。

　それに映画が好きなのか、見終わったあと楽しそうに感想を話してた。

　ふたりでまったり過ごしてると、意外と時間が過ぎるの早いなぁ。

　もう夕方の４時前。

　なんだか慣れないことしたせいか、ちょっと眠い。

「ふぁ……」

「叶琳さっきから眠そう。少し寝る？」

「うん……」

　ちょっと眠いので夜紘くんとお昼寝タイム。

「たまにはいーね。こうやってゆっくりするのも」

「ほんとにどこも出かけなくてよかったの？」

「昨日陽世に連れ回されて疲れたでしょ。それで今日も俺と出かけたら叶琳が大変だろうと思って」

　えっ、それってもしかして……。

「わたしのこと気遣って、おうちデートにしてくれたの？」

「叶琳がゆっくりできると思ったから」

　最初は夜紘くんらしいなって思ったけど。

　わたしが疲れないように、ゆっくりできるように、夜紘くんなりに考えてくれたんだ。

「……俺、陽世みたいに叶琳がよろこぶプラン考えるの得意じゃないし」

　陽世くんとのデートも楽しかったけど。

　夜紘くんとふたりの時間を過ごすのも楽しい。

「夜紘くん優しいね。ありがとう、気遣ってくれて。夜紘
くんは今日楽しかった？」

「叶琳の手作りのクッキー食べれたし、今こうしてふたり
で過ごせてるから俺はすごく幸せだよ」

　夜紘くんは、いつも無気力でクールでやる気ないし。

　普段から口数も少ないし、感情があまり読めないタイプ。

　だけど、とっても優しい一面を持ってる。

　これは、一緒の時間を過ごしたからわかったこと。

　あと夜紘くんは、わたしが嫌がることもぜったいしない。

　ちょっと暴走しちゃうときもあるけど、ちゃんとどこか
で止まってくれるし。

　出会った頃よりも、夜紘くんのいいところたくさん知れ
てる。

「わ、わたしも、夜紘くんと何気ない時間を一緒に過ごす
の好き……だよ。それに、一緒にいて落ち着くから」

　ちょっと眠気が強くなってきた。

　まぶたが重くてうとうと……。

「……叶琳が昔から可愛いのは変わんないね」

「昔……から？」

「なんでもないよ。ゆっくり寝てていいから」

「ん……」

　気になったけど、睡魔のほうが勝っちゃう。

　そのまま眠りに落ちた。

＊　＊　＊

あれ……ここどこだろう？

さっきまで夜紘くんと一緒に寝てたのに。

サーッと目の前を流れてる景色は、とても懐かしいもの。

これって、わたしが住んでた家の近くにあった公園？

『あ、またここにいるんだ？』

『叶琳はひとりでも平気だもん』

『ほんとは寂しいんでしょ』

『寂しくない……もん』

あっ、この男の子……わたしの初恋の子だ。

わたしが小さかった頃、両親を亡くしてひとりで寂しかったとき、よくこの公園に来てた。

そのとき名前も知らないこの子が、わたしの話を聞いてくれてたんだっけ。

『よくこの遊具の中でひとりで泣いてるのに？』

『うぅ……ここ叶琳の場所なのに……っ』

『だって、俺もここお気に入りだし』

『いつも叶琳が先にいるから、叶琳の場所なのっ』

『こんな暗いとこでひとりでいるほうが寂しいでしょ。仕方ないから俺もここにいてあげるよ』

なんでか、この子と一緒にいると落ち着いて。

顔しか知らない。

名前も、住んでるところだって何も知らなくて。

だけど、この公園に来たらいつも会えるから。

あるとき……雨と雷がひどかった日。

この日おばあちゃんも出かけてて、家にひとりぼっち

だった。

　今思えば家にいるほうがぜったい安全なのに。

　気づいたら公園に向かってて。

　またひとり、遊具の中でうずくまってると。

『やっぱいた。こんな雨の日になんでここにいるの』

『っ……』

『すごい泣き顔だね』

『ぅ……言い方ひどい……っ』

　たぶん、このときのわたしはひとりでいるのが嫌で。

　もしかしたら……いつもの公園に、あの子が来てくれる
かもって期待してた。

『もう平気でしょ。俺が来たから』

『っ……叶琳のこと心配して来てくれたの……？』

『どーだろ。気分かな』

　なんとなくわかってた。

　わたしのために来てくれたんだって。

　だから、それがすごくうれしくて。

『おうち……帰らなくていいの……っ？』

『いいよ。泣き止むまで一緒にいてあげる』

『おうちの人、心配しない……？』

『たぶん平気。お父さん仕事で忙しいし、お母さんはいな
いから』

　わたしがはじめて好きになった男の子。

　ちょっと口は悪いけど、ずっとそばで寄り添ってくれる、
優しい男の子だった。

だけど——ある日突然、ぱたりと姿を消した。

ほぼ毎日、公園に行ったけど会えることはなくて。

あぁ……やだ。

みんなわたしのそばからいなくなっていく。

お母さんもお父さんも……あの子だって。

寂しくて悲しくて……。

気づいたら、大切な存在を失うのが怖くなって——。

「……りん」

「…………」

「叶琳」

「……っ、あ」

　怖くて苦しい夢の中で、夜紘くんの声が聞こえて目が覚めた。

「……さっきからうなされてた。悪い夢でも見た？」

　あっ……これ涙(なみだ)……？

　目にいっぱいたまっていて、開けた瞬間こぼれた。

　懐かしさと悲しさで胸がいっぱい。

「っ、ごめん……ね。急に泣いちゃって」

　夢から覚めたはずなのに、今も涙が止まらない。

「いいよ。気分落ち着くまでこうしてよっか」

　っ……今なんで、夢の中にいた男の子と夜紘くんが重なって見えたの……？

「俺がずっとこうしててあげるから」

　さっきから心臓がドキドキうるさい。

　それを知らせるように……腕につけてる計測器がピピッ

て鳴りっぱなし。

　うっ……なんでこのタイミングなの。

「うるさいから取る？」

「これ、壊れてるのかな……？」

　さっきからずっと、計測器の針が基準値（きじゅんち）を超えたまま。

「……どーだろ。もともとそんなあてになんないやつだろうし」

　少し前、キッチンで叩いちゃったときに壊れたかもって思ったけど。

　それとも……いま夜紘くんにドキドキしたのに反応してる……のかな。

　夢の中の男の子と夜紘くんは、きっと別人。

　だって、もし小さい頃に出会っていたら、どちらかが覚えてるだろうし。

　それに……わたしが唯一その男の子の特徴（とくちょう）で覚えてることがあって。

　右側の首筋に……ほくろがふたつある。

　でも、夜紘くんにはそれがないから。

　それに、その男の子は髪色が明るかった。

　今の夜紘くんと正反対なくらい。

　だからきっと、わたしの初恋の男の子は別にいる。

第3章

双子どちらと結ばれる？

「父さんが僕たち３人を一緒に呼び出すなんて、何事だろうね？」

「……どうせくだらないことでしょ」

「うぅ、わたしまで呼ばれるなんて、何かしたかな……」

　３人で生活を始めて、早くも数ヶ月。

　学園はもうすぐ夏休みに入る直前。

「意外と深刻な話だったりしてね」

　ただいま絶賛心臓バクバク。

　めったに来ることがない理事長室のソファで、陽世くんと夜紘くんのお父さん──理事長を待ってるところ。

　何気にふたりのお父さんと会うのは、はじめて陽世くんと夜紘くんと会った日以来。

「やぁ、３人とも待たせてすまなかったね」

「父さん久しぶり。こうして３人呼び出すなんて何かあったの？」

「あぁ、ちょっと話があってな。どうだい、３人での生活は。叶琳さんは不自由なくやれているかな？」

「は、はい。なんとか」

「そうかそうか。それならよかった」

　これはもしかして、３人での生活の近況を報告するだけ？

　あんまり身構えなくてもよかった──。

「それじゃあ、本題に入ろうか」

　ううん、よくなかった。

　どうやら今から話すことが本題みたい。

「叶琳さんにとって陽世か夜紘、どちらが運命の番か見極めはつきそうかな」

「えー、やっぱり僕じゃない？」

「……は？　陽世じゃなくて俺でしょ」

「こらこら、ふたりとも落ち着きなさい。お前たちに聞いていたら、自分に都合の良い主張しかしないだろう？　今は叶琳さんに聞いているんだよ」

　そう言われても。

　正直まだわからないっていうか。

　どちらかって明確なものがない……ような。

「今もまだ不明ってところかな？」

「そう……ですね」

「そうか。ふたりを同時に会わせて、同じ時間を過ごせば、はっきりすると思ったんだけどね。逆にふたりいるからわからない可能性もあるかもしれないな」

　ここで理事長さんの口から、とんでもないことが告げられる。

「叶琳さんには陽世か夜紘どちらか選んでもらおう」

「え、選ぶ……？」

「叶琳さんがいま一緒にいたいと思うほうを選ぶといい。その選んだ相手と2週間ふたりで生活をしてもらう」

「……っ、え」

「もちろん、選ばなかった相手とは2週間離れて生活して
もらうことになる」

　つまり……3人でいることはできなくて。

　陽世くんを選べば、夜紘くんと離れることに。

　夜紘くんを選べば、陽世くんと離れることになるんだ。

「まあ、今すぐ選択を迫るのも急だろうから。夏休みが明
けた9月頃にもう一度ここに集まってもらって、叶琳さん
の返事を聞こうと思っているけど、それでどうかな」

　今から約1ヶ月後。

　わたしが決めなきゃいけないんだ。

「もちろん、その2週間で確実に見極めることも難しいと
思う。まあ、そんなに重くとらえず、純粋にいま叶琳さん
が一緒に過ごしたいと思うほうを選ぶといい」

　1ヶ月後に自分の気持ちを決めて、ちゃんとした答えが
出せるのかな。

＊　＊　＊

「かーりんちゃん。ほら逃げないで僕のところおいで」

「陽世くんさっきからベタベタしすぎだよ!!」

「えー、だって1ヶ月後には叶琳ちゃんと離れちゃうかも
しれないんだし」

「……陽世ばっかずる。俺も叶琳に引っ付く」

「夜紘くんまで!!　まだ今から離れるわけじゃないよ!」

　いま帰ってきたばかりなのに、ふたりしてわたしのこと

追いかけまわしてくる。

「まあ、叶琳ちゃんに選ばれるのは僕だもんね」

「……は？ まだ決まってないのに何言ってんの」

「叶琳ちゃんは僕を選んでくれるもんね？ だって僕のほうが叶琳ちゃんのこと想ってるし、夜紘よりずっと優しいよ？」

「……そーやって俺と比べんのやめたら？ ってか、選ばれるのは俺だし」

　まだ約1ヶ月あるけど。

　あっという間に1ヶ月後になってそう。

　タイムスリップでもして、未来を見たいよ……。

　わたしがどんな選択をしたのか。

「とにかく、帰ってきたばかりだし、制服から着替えさせて！」

「……俺が着替えるの手伝う」

「お手伝い求めてないよ!?」

「いーよ、遠慮しなくて」

「してないし、どこ触ってるの!?」

「いーじゃん。俺と叶琳の仲なんだし」

「は、はい!?」

　もうまってまって！

「あ、ずるーい。僕も手伝うよ」

「陽世くんまで参戦してこないで!!」

「……俺が先だし、陽世は引っ込んでなよ」

「こういうときは兄に譲るのが普通だよね？」

「ふたりともわたしのリボン引っ張らないでっ」

「だいたいさー、夜紘はずるいんだよ。すぐ抜けがけする
から」

「抜けがけしてんのは陽世も一緒でしょ」

「それに僕にケンカ売ってるよね？　こんな目立つところ
に噛み痕残してさ」

　陽世くんのほうに引っ張られたり。

「……ほんとは叶琳の身体ぜんぶに残そうかと思ったけど」

　今度は夜紘くんのほうに引っ張られたり。

「うわー、夜紘って僕に似て性格わるー」

「自分が性格悪いこと自覚してんだ？」

「じゃあ、僕も同じことしようかなぁ」

「……そーやって挑発してくんのムカつく」

「挑発じゃないよ　今日叶琳ちゃんと寝るのは僕だもん
ね。僕と朝まで甘いことたくさんしようね」

「あ、朝まで!?　わたし寝るよ!?」

「うん、寝られる余裕があるならね？」

「はぁ……鍵ぶっ壊したくなる」

　ふたりの相手をしてたらもう大変。

* * *

　隙を見つけてお風呂へダッシュ。

　あのままだとキリがなくて、ふたりとも永遠に言い合い
してそうだもん。

　ほんとなら、このままお風呂にゆっくり入って。

　お風呂から出たら、まったりアイスでも食べて。

　……なんて、呑気（のんき）にしてたら事件は突然発生。

　わたしがお風呂場から出てきて、身体にタオルを巻いたのと同じくらいに。

　開くはずのない脱衣所（だついじょ）の扉が横にスライドした。

「……は？　なんで叶琳がいんの」

　え……っ、うわ……なんてバッドタイミング。

　あれ、わたし脱衣所の鍵かけ忘れた……!?

「え、あっ、うぇ……ぇ？」

　まってまって。

　わたし今お風呂から出たばっかりで。

「な、ん……やひ、く……ここ……」

　むりむり、パニックで日本語どっかいってる……!!

「なんで俺がここにいるかって？」

　ご、ご名答（めいとう）……。

　今のでよく伝わった……って、感心してる場合じゃなくて……！

「さっき陽世が風呂誰も入ってないから先いいよって」

　うそうそ、わたし入ってるのに……！

「んで、脱衣所来たら叶琳がいたわけ」

「っ……！　すぐ服着る、からっ……」

　バスタオル1枚しか身にまとってないのが、こんな恥（は）ずかしいなんて。

　とっさに夜紘くんがいるほうに背を向けると。

「ひゃっ……な、なにっ」

「……さっきから叶琳が俺と目合わさないなって」

「うぅっ、むりっ。早く夜紘くん出ていってよぉ……」

「やだ。叶琳がこっち向くまで出ていかない」

「っ……やぁ。向けないっ」

「じゃあ、叶琳の身体にイジワルしていい？」

　やだやだ……ダメな予感しかしない……っ。

　だって、夜紘くんの声が愉しそうだもん。

「……ってか、我慢するとか無理」

「ひぁ……」

　背中にピタッと夜紘くんの唇が触れてる。

　わざとチュッて音を立てて。

　指先でイジワルに背中を撫でたり。

「……だいたいさ、無防備な叶琳が悪いんだよ」

「っ……、そこ引っ張るのダメ……」

　バスタオルと肌の隙間(すきま)から、夜紘くんの指が入ってき
ちゃいそう。

　このまま甘いことされたら、発情しちゃうかも……しれ
ない。

　こんな状態で理性失ったら、大変なことになっちゃう。

「む、向くから……っ。背中もうやめてっ……」

　くるっと夜紘くんのほうを向くと、目が合った。

　こんなに身体が熱いのは。

　お風呂のせいか、夜紘くんのせいか……。

「ねー……叶琳。俺といっこ約束して」

「やく、そく……？」

「陽世にはあんま隙見せないで」

「え……隙って……？」

「……今だって陽世が叶琳のこんな姿見たら、ぜったい襲いかかってる」

「お、おそ……!?」

「叶琳は危機感なさすぎなんだよ。俺たちが男だって、ちゃんとわかってんの？」

「わ、わかって……」

「わかってないからこんなことになってるんでしょ」

「んっ……」

「これが陽世だったらどーすんの」

「……っ？」

「……想像しただけで嫉妬で気狂いそう」

　夜紘くんちょっと怒ってる……？

　そして、さらにピンチは重なってやってくる。

「ねー、今お風呂入ってるの夜紘だよね？」

　えっ、あ……うそ。

　この声は陽世くん……!?

「……そーだけど。まだ入ったばっかりだから」

「へぇ、そっか。それよりさ、叶琳ちゃんどこにいるか知らない？」

　どひぃ……っ。

　脱衣所の扉1枚越しに聞こえる声に心臓バクバク。

「知らない。自分の部屋にいるんじゃない？」

　　ぜったいバレちゃダメ……なのに。

「っ……！　やひろ……くんっ」

「……なに？　声出したらバレるよ？」

「……そこ、触るのやっ……んんっ」

「だから陽世に聞こえるって」

　　口元が夜紘くんの手に覆われて、ちょっと苦しい。

「……それとも陽世に聞かれたいの？」

「ちがっ……う」

「じゃあ、もっと声抑えて」

「っ……」

　　言ってることとやってること矛盾（むじゅん）してる……っ。

　　弱いところばっかり攻めて、わざと誘うように声が出る
ような触れ方してくるもん……っ。

「さっき叶琳ちゃんの部屋ノックしたんだけど、返事がな
かったんだよね」

「……ひとりで寝てんじゃない？」

「叶琳ちゃんの部屋ベッドないのに？」

　　は、早くこの会話おわって……！

「ソファで寝てるとか」

「ふーん、そっか。じゃあ、もう少し時間あけてみようかな」

　　このまま気づかずに立ち去って……！

　　少し沈黙が続いて、しばらくして陽世くんが口を開いた。

「ねぇ、夜紘」

「……ん？　なに」

「お風呂出たら僕に教えてね。あんまり長く入ってるとの

ぼせちゃうよ」

「あー、はいはい」

　ちょっとずつ陽世くんの足音が遠ざかっていく。

　少しして、完全に陽世くんがいなくなったところで。

「ぷはっ……」

　やっと苦しさから解放。

「あんま声我慢できてなかったね」

「夜紘くんのせいだよ……！」

「感じやすい叶琳のせいじゃなくて？」

「うぅ、もう寿命が縮まったよぉ……！」

　ほんとにあとちょっとでバレてたかも。

「夜紘くんのイジワル……っ」

「かわいー叶琳限定でね」

　もしかしたら、勘のいい陽世くんなら気づいてた？

　いや、まさか……ね？

陽世くんの甘い嫉妬。

「ほへぇ。ついに京留くんたちどちらかを選ばなきゃいけなくなったんだねっ！」

「しーっ！　夏波ちゃん声が大きいよ！」

「はっ、ごめんねっ！　ビッグニュースすぎて！　でも、ここ学校じゃないから大丈夫じゃない？」

「誰が聞いてるかわかんないし！　ほら、わたしたちの学校の制服の子ちらほらいるし！」

　今日は終業式。

　式が終わったあと、夏波ちゃんと学校の近くのカフェへ。

　話題はもちろん陽世くんと夜紘くんのこと。

「いや～、ほんとにどっちが叶琳ちゃんの運命の相手なんだろうね～」

「夏休み終わったら決めなきゃいけないなんて……どうしよう」

「うーん、叶琳ちゃんが一緒にいたいほうを選んだらいいんじゃないの～？」

「それができなくて悩んでるんです……」

「そっか～。どっちも魅力的な男の子だもんね～。相変わらず叶琳ちゃんにぞっこんみたいだし！」

　ふたりとも変わらず、学校にいてもお構いなしでわたしに甘いことしてくるから。

　わたしいつ女の子たちに呼び出されてもおかしくないん

じゃ。

「うぅ……どうやって決めたら……」

「そんなの簡単だよ〜！ 好きって思った相手を選ぶだけ！ まあ、叶琳ちゃんがドキドキするほうを選んだらいいんじゃないかなっ」

　最近、夜紘くんに対してドキドキすることが多いけど。

　でもそれはただ身体が求めてるだけで、自分の気持ちが連動してるのかわかんない。

*　*　*

　パリンッと高い音が部屋中に響いた。

「あ、あっ……どうしよう」

　陽世くんの部屋の花瓶を割っちゃった……。

　しかも今ものすごい音がしたから。

「叶琳ちゃん!? どうしたの、今すごい音したよ？」

　心配した陽世くんがすぐに来てくれた。

「うっ……あ、ご、ごめんなさい……！」

「謝るよりも叶琳ちゃんはケガしてない？」

「わたしは大丈夫なんだけど、花瓶が無事じゃなくて」

　慌てて破片を拾おうとして、またしても失敗。

「ぅ……いたっ」

　破片で指を切っちゃった。

「あとの始末は僕がやっておくから。すぐケガの手当てしようね」

　陽世くんが救急箱を持ってきてくれた。
「はい、手出して。指切ったの痛かったでしょ」
「迷惑かけちゃってごめんなさい……」
「いいよ。本当なら僕がもっと早く気づいてあげられたら
よかったね」
「ひ、陽世くんは悪くないよ」
　もとをたどれば、わたしが花瓶を割っちゃったのがいけ
なかったんだし。
「あの、あとでちゃんと片づけるから」
「叶琳ちゃんは何もしなくていいよ。さっきも言ったけど、
あとは僕がやるから」
「でも、わたしの不注意なのに」
「叶琳ちゃんがケガしちゃうほうが心配」
「ほ、ほんとにごめんなさい……！　弁償はできないけど、
その代わり陽世くんの言うことなんでも聞くから……！」
　すると、陽世くんの動きがピタッと止まった。
　同時に少し呆れた声で言った。
「……叶琳ちゃんはダメな子だね」
　うっ……やっぱり心が広い陽世くんでも、さすがに許し
てくれない……？
「僕相手になんでもするって言っちゃうなんて」
　え、あっ……。
　肩を軽く押されて、身体がベッドに倒れていく。
「ひなせ、くん……？」
「僕みたいな男に食べられちゃってもいいの？」

　危険な笑みを浮かべて、唇に人差し指をそっと添えて。

「夜紘に内緒で僕とイケナイコトする？」

　イジワルなスイッチが入った陽世くんは、誰にも止められない。

　さらに。

「あとね、部屋の扉開いたままだから」

「っ……」

「叶琳ちゃんが甘い声出したら……夜紘に聞かれちゃうかもね？」

　指先で顎をクイッとあげられて、ぶつかる目線。

「僕知ってるからね。この前、叶琳ちゃんと夜紘がお風呂場で一緒にいたこと」

「っ……！」

「抑えてたつもりだろうけど、可愛い声漏れてたよ」

　や、やっぱり気づいてたんだ。

　あえて言わなかったのは……。

「夜紘ともこんなふうに触れ合って、僕にバレないように息ひそめてたの？」

　こうやって同じ状況を作って、愉しもうとしてる。

「僕ね、ものすごく嫉妬してるよ」

「嫉妬……？」

「夜紘がこんなふうに叶琳ちゃんに触れてるって……想像しただけでおかしくなりそう」

　あえて唇を外して。

　頬や首筋に優しいキスが降ってくる。

「もどかしいね」

「……っ？」

「どうしても叶琳ちゃんが僕のものにならないのが」

　熱い吐息が首元にかかる。

「このまま僕が叶琳ちゃんの首を噛んだら——強制的に番になれるんだもんね」

　ほんの少しだけ……陽世くんの表情が歪んだ。

「叶琳ちゃんの気持ちが僕に向くまで待つけど」

　腕を引かれて、そのままギュッと抱きしめられた。

　なんだか少しだけ、いつもの陽世くんらしくない。

「焦ってるのかな。叶琳ちゃんが僕を選んでくれるか」

　わたしを抱きしめたまま。

「僕ね、叶琳ちゃんと出会うまで女の子に興味なかったんだよ」

「え？」

「なんだろうね、そもそも他人に興味がないっていうか。僕に寄ってくる人に興味ないんだよね。今思い返せば、僕は叶琳ちゃんにひとめ惚れしてたのかな」

「ひ、ひとめ惚れ……!?」

「最初叶琳ちゃんを見たとき可愛いなぁって思ったのが本音。あとは、昔からの決まり事で僕か夜紘と結ばれるのが決まってるなんて可哀想な子ってね」

「か、可哀想……」

「だって、いきなり会ったふたりと、どちらかが運命の番だから見極めてねーなんて言われたら、僕だったらブチ切

れそうになるよ」

「でも、それは陽世くんと夜紘くんも同じなんじゃ。いきなりわたしが運命の番ですとか紹介されたわけだし」

「うーん、まあ僕たちはずっと前から聞かされてたからね。許嫁みたいな子がいて、僕か夜紘どちらかと結ばれる運命なんだって」

　さらに陽世くんは話し続ける。

「夜紘はどう思ってるかわからないけど。僕は昔から家の決まり事やらしきたりやら、いろいろ聞かされてきたから。それもあって、将来は自分が決めた相手じゃなくて、家が決めた相手と結ばれるんだなぁってね。そのへんは諦めてたから、余計に女の子とかに興味なくなっちゃってね」

　明るく話してくれてるけど、ちょっと投げやりな感じにも聞こえちゃう。

　周りに対して不満とかあっても、ぜんぶ飲み込んで我慢してるような。

「それに、僕いい子演じるのが得意だから。周りの大人たちからは、聞き分けのいい優等生だと思われて育ってきちゃったし。でもさ、たまに疲れちゃうときあるんだよね。周りから期待されるのは慣れてるはずなのに。みんなが求める僕の理想像になりきるのが疲れるんだよね」

「…………」

「それに叶琳ちゃんは気づいてくれた。ひとりで抱えなくていいって、無理しなくていいって。叶琳ちゃんは他の子と違うんだよね。みんなが気づかない僕の一面に気づいて

寄り添ってくれるから」

　陽世くんはつかみにくい。

　優しかったり、イジワルなこと言ったり。

　でも、いま急に誰にも明かしてないような弱いところを見せてきたり。

「だけど、叶琳ちゃんは僕に振り向いてくれない——夜紘のほうが叶琳ちゃんの気持ちをつかんでる気がする」

　今ここで、はっきりした気持ちを言えない。

　きっとそれを陽世くんはわかってる。

「……だから妬いちゃうのかな」

　抱きしめる力をゆるめて、ちゃんと目線を合わせて。

「僕あんまりおとなしくないからね」

　この前、夜紘くんにつけられた赤い痕を指先でなぞりながら。

　そこに重ねるように唇を這わせて。

「……かなり嫉妬深いみたいだから」

　甘く赤い痕を残して。

「今よりもっと遠慮しないよ。叶琳ちゃんのぜんぶ僕のものにするからね」

　陽世くんの嫉妬は……蜜みたいに甘い。

夜紘くんの熱と告白。

　　夏休み真っ最中の8月のこと。
「や、夜紘くんどうしたの!?　びしょ濡れだよ!?」
　　外から帰ってきた夜紘くんを見てびっくり。
「……歩いてたら急に雨降ってきた」
「傘は持ってなかったの!?」
「ん……だって家出たときは晴れてたし」
　　最近は天気が崩れやすいから要注意って、今朝の天気予報でやってたような。
「……なんかバケツひっくり返したみたいな雨だった」
「感想いいから、早くシャワー浴びてきたほうがいいよ!」
　　髪もシャツも全身びしょ濡れどころか、服着てお風呂入ったみたいになってるよ。
　　それに夜紘くんは困ったことに、全然慌てる様子がないから。
「すぐタオル持ってくるからね!」
　　わたしのほうが慌ててタオルを取りに脱衣所へ。
　　玄関に戻ると、夜紘くんはまだびしょびしょのまま。
「あわわっ、とりあえずこれで髪拭いて!　このままシャワー浴びなきゃ!」
「……ん、いーよ。タオルでなんとかなる」
「いやいや、そんなに濡れてるのに!?」
「すぐ着替えるから平気。ってか、疲れたから寝たい」

　夜紘くんのよくある睡眠欲が勝っちゃうやつ。

「風邪ひいちゃうよ！」

「叶琳が一緒に入ってくれるならいーよ」

「そ、それは無理だけど!!」

「んじゃ、入んない」

「えぇ……風邪ひいてもしらないよ？」

「そうなったら叶琳が看病して」

　なんて、こんな会話をしたのがつい3日前くらい。

　――で、いま大変なことになった。

「夜紘くんものすごい熱いよ!?」

「ん……なんか溶けそう……」

　ふらふらしてるし。

　身体に触ってびっくり。

「これ尋常じゃない熱さだよ！　すぐに熱測らないと！」

　慌てて体温計で熱を測った結果。

「う、うわ……38度超えてる……」

　なんと夜紘くんが風邪をひいてしまった。

「……いつもより熱いけど気のせい？」

「気のせいじゃないよ！　熱があるんだよ！」

　ほらぁ、やっぱりあの日ちゃんとシャワー浴びなかったから。

　しかも、なんで本人自覚してないの！

　わたしが気づかなかったらどうなってたことか！

「……身体だるい、死にそう」

「シャワー浴びてたら風邪ひかなかったのに」

「……叶琳が俺と一緒に入るの拒否したせいだよ」

「わ、わたしが悪いの!?」

　いくらなんでも理不尽すぎないかな!?

「ん……だから叶琳が責任取って俺のこと看病して」

　ぐったりしてる夜紘くん。

　とにかく今はベッドで安静にしてないと!

　夜紘くんをベッドに寝かせてから、陽世くんにこのこと
を伝えると。

「えー、夜紘風邪ひいちゃったの?」

「う、うん。今すごく熱が高くて」

「そっかぁ。夜紘はあんま体調崩すことないんだけど、崩
したときはめちゃくちゃ状態が悪くなるからさ」

「食欲もないみたいで」

「そうだよねー。たしか夜紘は風邪ひいたときオレンジばっ
かり食べてたんだよね」

「えっ、そうなの?」

「どんなに食欲なくても、オレンジは食べられるんだって。
たぶん今回もそうだろうから」

　いつもふたりとも言い合いばかりだけど、お互いのこと
理解し合ってるのかな。

「仕方ないなぁ。僕が買ってきてあげるかー。叶琳ちゃん
に看病まかせてもいい?」

「あっ、もちろん!」

「それじゃ、僕少し外に出るから。もし夜紘がほかに何か
欲しいものあるって言ったら連絡ちょうだい。まとめて

買ってくるから」

　なんだかんだ陽世くんがお兄ちゃんなんだなぁ。

　面倒見いいし、夜紘くんのことよくわかってる。

　陽世くんが出かけてから、再び夜紘くんの部屋へ。

「夜紘くん？　ちゃんと寝てる？」

「ん……熱い……溶ける」

「えっと、スポーツドリンクと身体の熱取るもの持ってきたからね」

　夜紘くんの頬が真っ赤。

　それにちょっと息も苦しそうだし。

　こんなに弱った夜紘くんは、はじめて見たかも。

「かりん……もっと俺のそばにきて」

　弱ってるのに甘えたがりな夜紘くん。

　どうやら甘える元気はあるみたい。

「叶琳かわいー……」

「え、あっ、えぇっと」

「俺の叶琳は世界でいちばんかわいー」

　あれ、なんか熱のせいかな？

　夜紘くんの語彙力がちょっと暴れてる。

「ねー、叶琳ちゃん」

「叶琳ちゃん!?」

　いつも"叶琳"って呼ぶのに。

　不意にそうやって呼ぶの心臓に悪いよ。

「俺のかわいー叶琳ちゃん？」

「うぅぅ……もう可愛いって連呼しないで……！」

「ほら俺と手つないで。もっと俺のそばにきて」

　風邪をひいたときの夜紘くんは、なんだかいつもよりふわふわしてる。

「手つないでるから！　早く寝ようね？」

「叶琳がそばにいたら寝る」

　甘えた大爆発。

「わ、わたしそばにいるから。ね？」

「……ん。ずっとそばにいて」

　さすがに病人なので、やっとおとなしく寝てくれた。

　ふぅ……わたしのほうが熱あがっちゃいそう。

「夜紘くんの寝顔綺麗だなぁ」

　スヤスヤきもちよさそうに寝てる。

　このまま熱が下がってくれるといいんだけど。

　それから少しして、夜紘くんが目を覚ました。

「ん……あつ……」

　寝てるとき汗（あせ）がすごいから、濡れたタオルで顔を拭いてあげてたんだけど。

　これ着替えたほうがいいのかな。

「ねー……かりん、あつい」

　放っておいたらますます悪化（あっか）しちゃいそう。

「いったん着替える？　えっと、身体つらくない？」

「……死ぬほどつらい」

「わたし着替え持ってくるから、その間に起きれそう？」

「……ん、起きる」

　——で、着替えてもらうことになったんだけど。

「はぁ……あつ」

「っ!?　ま、まだわたしいるから脱がないで!?」

　いきなり夜紘くんが上を脱いじゃってびっくり。

「……ってか、身体にあんま力入んない」

「あわわっ、大丈夫?」

　ベッドに座ってるだけなのに、ゆらゆら揺れてる。

　とっさに夜紘くんが倒れないように支えたけど。

「叶琳が着替えさせて」

「ええ……っ!」

　ど、どどどうしよう……!!

　これ目のやり場に非常に困る……!!

「……叶琳?」

「うっ……」

　着替えだけでも陽世くんにお願いすればよかった……。

　買い物に出て1時間も経ってないから、まだ帰ってこないだろうし。

「ねー……まだ?　もっと熱あがっちゃう」

「ぅ……や、わたしも熱あがる……」

　上半身裸がこんなにセクシーなの夜紘くんくらいだよ……!!

　もう、こうなったらやるしかない……!

　そう、これは看病……!

　別にやましいことしてるわけじゃないし!

「うぬ……じゃあ、失礼します」

「ん……」

　服を着る前に、タオルで軽く身体を拭いてあげることに。

「う、動かないで、じっとしててね？」

「……うん」

　わたしの身体より大きくて、がっちりしてる。

　普段服着てるからわかんなかったけど。

　夜紘くんって、結構細身だと思ってたら意外と身体しっかりして……はっ！

　こんなジロジロ見ちゃダメじゃん……！

　これじゃわたしが変態みたい……。

　気が散ってばかり。

　早いところ拭いて、服を着てもらわないと――。

「わわっ……、や……ひろくん」

　夜紘くんの身体を支えられずに、わたしもグラッとベッドに倒れこんじゃって。

「え、あぅ……」

　うそうそ、まだ服着てないのに……！

「ん……かりん」

　夜紘くんがわたしの上に覆いかぶさったまま。

　こ、これどうしたら……!?

「夜紘、くん？」

「…………」

　えっ、まさか寝た？

「ぅ……意外と重い」

　このままじゃ、わたし押しつぶされちゃう。

「やひろく……ひゃっ」

「……かりん」

「ま、って。耳元で話しちゃ……っ」

　熱い吐息がかかるのくすぐったい。

「……今のかわいー」

「っ……、耳噛むのダメ……」

　指先で耳たぶを撫でたり、甘く噛んできたり。

　夜紘くんの指も唇も吐息も……ぜんぶ熱い。

　それがわたしの身体にまで伝染してるみたいで。

「……叶琳から甘い匂いする」

「あぅ……」

「抑えらんない。……甘い叶琳もっと欲しい」

「んっ」

　すくいあげるように唇が塞がれた。

　ただキスしただけなのに。

　身体がもっとって、強い衝動に駆られて。

　ピリピリ刺激が走って、じっとしていられない。

「……叶琳の唇冷たくてきもちいい」

「んんっ……ふっ」

「もっと……口あけて」

　熱い舌が口の中に入り込んで、甘く誘って乱して。

　最近変なの。

　夜紘くんとのキスに、すごくドキドキする。

「……こんだけじゃ足りない」

「や……っ、まって」

　スカートの裾が少しまくられて。

　唇に落ちてたキスが太ももに落ちた。

「ここ……俺以外に噛み痕残させちゃダメだよ」

「ぅ……やぁ」

　太ももの内側がチクッと痛くて……熱い。

　唇を押し付けて、肌を軽くチュッて吸ったり。

　甘すぎる刺激に身体がもたない……っ。

「……っ、やひろく……」

「ん……？」

「もう、そこ噛むのダメ……っ」

　スカートを押さえて抵抗するけど、力がうまく入らない。

「……じゃあ、もっとキスしよ」

「んんっ……」

　また唇を塞がれて、甘い熱にどんどん溺れていく。

　全身に甘く響いて、頭の芯まで溶けちゃう。

「ごめん……こんなんしたら風邪移っちゃうね」

　そうだよ、だから……抗わなきゃいけないのに。

　……そんなのぜんぶ無駄といわんばかりの攻めたキス。

　とどめの甘いささやきは……。

「叶琳のこと好き──死ぬほど好き」

「っ……」

　熱にうなされながらの告白に……胸の内側が熱くなったのは。

　本能のせい……？　それとも──。

第4章

双子と浴衣デート。

「……叶琳はこっちのほうが似合う」
「こういうとき僕と夜紘は気が合わないよね」

　夏休み最終日。
　今日は3人で少し遠出することに。
　風鈴祭りがあるので、それに合わせていま浴衣を選んでるんだけど。
　わたしの浴衣から帯、髪飾りや持ち歩くバッグまで、ぜんぶふたりが決めたがっちゃう。
　なので、ふたりともケンカばっかり。

「……和柄のほうが大人っぽくていいでしょ」
「えー、僕はこの白のレースが使われてる可愛いのが似合うと思うけど」

　──で、結局襟元にも帯にもレースが使われている、真っ白の浴衣に決まった。
　小さなパールが使われてる帯飾りもとても可愛い……！
　これで一件落着かと思いきや。

「叶琳ちゃんは髪が長いから、ゆるく巻いて髪飾りつけたほうがいいんじゃない？」
「……浴衣だからひとつでまとめるほうがいーでしょ」

　またしてもふたりが揉めるから、店員さんも苦笑い。
　髪型は夜紘くんのリクエスト通り、両サイドを編み込んでもらって後ろでまとめることに。

　ちなみに、陽世くんはベージュの浴衣で、夜紘くんはグレーの浴衣。

「ほら叶琳ちゃん、僕から離れちゃダメだよ？」

「わわっ、陽世くんそんなに引っ張らないで！」

「夜紘からは離れようね？」

「……は？　ってか、陽世は引っ付きすぎ」

「夜紘くんまで引っ張らないで!!」

　右手は陽世くん、左手は夜紘くん。

　真ん中にいるわたしは宇宙人みたい。

「夜紘はもっと自重しようね？」

「陽世に言われたくない。そっちこそ人前で自重しないくせに」

「僕はただ叶琳ちゃんが可愛くて仕方なくてさ」

「叶琳の可愛さは俺のほうが何倍も知ってるし」

「もうふたりとも!!　言い合いやめて３人で楽しもうよぉ！」

　バチバチのふたりを連れて街を散策。

　食べ歩きをする予定だったけど。

　ふたりの横を歩くと、まあ大変。

「えっ、あのイケメンたちなに!?」

「芸能人とかじゃない!?　もしかして何かの撮影とか！」

「ありえる！　浴衣似合いすぎでしょ!!」

　ふたりとも芸能人に間違われちゃう人気っぷり。

　そうなると、もちろんわたしにも注目は集まるわけで。

「ってか、あのイケメンたちの間にいる女の子なに？」

「ふたりに手つながれてるじゃん。どういう状況？」

　ひぇぇ……ふたりを見る熱い視線とは違って、視線が冷たい……。

「もしかしてイケメンふたり独占してる感じ？」

「えー、それは欲張（よくば）りすぎじゃない？」

　あぁぁぁ、すみませんね。

　わたしがふたりの隣を占拠（せんきょ）してしまって……！

「あのっ、すみません！　いま撮影か何かですかっ？」

「ふたりともかっこいいので、声かけちゃいました！」

　わわっ、女の子たちが話しかけてきたよ。

　ふたりともなんて答えるのかな。

「んー、いまデート中かなぁ」

　ひぇぇ……女の子たちすごいわたしのほう睨（にら）んでる。

「３人でデートしてるんですか？」

「僕はふたりっきりがいいんだけどね。ちょっとお邪魔虫がくっついてきちゃって。あ、よかったらデートに誘ってあげて？」

「えっ、いいんですかっ!!」

　女の子たちがキラキラした瞳で、夜紘くんを見てる。

「……は、何勝手なこと言ってんの。叶琳とデートしてんのは俺だし、陽世のほうが邪魔」

「叶琳ちゃんの彼氏（かれ）は僕だもんね」

　またそんな誤解される発言を……!!

「……何言ってんの。叶琳の彼氏は俺だし」

　あぁぁ、夜紘くんまで……！

　これじゃ、話がややこしくなるじゃん……！

「え、つまり3人で付き合ってるってことですか？」

　いや、そういうわけじゃなくて！

「んー。まあ、僕たちが片想いしてるのかな」

「はぁ……ひと括りにしないでほしいんだけど」

　結局、女の子たちは不思議そうにしながら立ち去っていった。

　ふたりとも、ほんとにどこいっても目立つしモテモテ。

「わっ……きゃっ」

「……っと、大丈夫？」

「ご、ごめんね。ちょっと下駄が歩きにくくて」

　履き慣れてない下駄と、浴衣がちょっと引っかかって、バランスを崩しちゃった。

　夜紘くんが支えてくれなかったら転んでた。

「うっ……」

　今ちょっと足ひねった……かも。

「叶琳ちゃん？　どうかした？」

「う、ううん！　大丈夫!!」

　せっかく浴衣着たし、これくらいの痛み我慢しないと。

　それに、少しすれば慣れてくるだろうから。

＊　＊　＊

「わぁ、人力車だっ」

「こういう街並みならではだね」

　３人で街を歩いてると、人力車が結構走ってる。

　わたしがじっと見てたからなのか、人力車のお兄さんが声をかけてくれた。

「よかったら３人でどうですか！　希望があれば街の案内もしますよ！」

「叶琳ちゃんどうする？」

「ぜひ乗りたいです!!」

　せっかくなら！と思って、３人で乗ることに。

　……なったのはいいんだけど。

「陽世は叶琳のほう寄りすぎ。もっとそっちスペースあるでしょ」

「夜紘こそもっと叶琳ちゃんから離れなよ。僕のほうが窮屈(きゅうくつ)なんだけど」

　またしてもふたりがケンカ中。

　間にいるわたしの身にもなってよぉ……。

「陽世は自力(じりき)で走ったら？」

「わー、夜紘ってば鬼畜だね。そっちこそ僕と叶琳ちゃんふたりで楽しむから、今すぐ降りてくれてもいいよ？」

「もうそれなら、陽世くんと夜紘くんふたりで人力車楽しんだら──」

「「それはダメ」」

　わぁ、こういうときだけ息ぴったり。

　人力車のお兄さんが街を案内してくれて、目的の風鈴祭りがやってる神社(じんじゃ)に連れてきてもらった。

「はい、叶琳ちゃん。降りるとき危ないから気をつけて」

「あっ、ありがとう」

　人力車は結構高さがあって、降りるときに陽世くんが手を差し出してくれた。

　っ……、さっきより足が痛いかも。

　慣れない下駄で靴擦れもしちゃったかな。

　でも、歩けないほどじゃないし。

「……叶琳？」

「あっ、ごめんね！　夜紘くんも降りなきゃなのに」

「……いーよ、ゆっくりで」

　せっかくだから楽しまないと……！

　足が痛いなんて言ったら、ふたりとも心配するだろうし。

「わー!!　すごいっ！　こんなにたくさんの風鈴見たことない！」

「風鈴は夏の風物詩だもんね」

　約2000個の風鈴が飾られていて、デザインや音色もさまざま。

　願い事を書いて飾れる風鈴もあるみたい。

「目で見ても楽しめるし、耳で聞いても楽しめちゃうね！」

「いろんな音色が聞こえて楽しいね」

　耳に入る音が涼しくて心地いいなぁ。

　ふわっと吹く風に合わせて風鈴が鳴って、暑さをぜんぶ飛ばしちゃいそう。

　目をつぶって、風鈴の音を楽しんでると。

「……？」

　誰かにキュッと手をつながれた。

　　パッと目を開けると、手をつないできたのは夜紘くん。

　　夜紘くんの目線は風鈴に向いたまま。

　　何も言わずに、さりげなく触れてくるのずるい。

　　つながれた手が、ちょっと熱い。

「叶琳が——だよ」

　　いま夜紘くんが何か喋ったけど。

　　風鈴の音に流されて聞こえなかった。

「夜紘くん今なんて……？」

「……さあ。内緒」

　　ここではぐらかしちゃうのずるい。

　　そんな言い方されたら気になっちゃうのに。

「あ、ふたりとも僕に隠れてイチャイチャしてる」

「イチャイチャなんてしてないよ!?」

「僕も叶琳ちゃんと手つないじゃお」

　　最後はやっぱり3人一緒。

＊　＊　＊

「わー、僕おみくじ大吉だ」

「……俺も大吉」

「わ、わたし大凶……」

　　水みくじを見つけて、3人で引いてみた。

　　水に浮かべると結果が映るおみくじなんだけど、ふたりはここでも強運発揮。

　　しかも、わたしだけ大凶って。

　ある意味レアなんじゃ？

「わー、恋愛は何事もうまくいくだって。これは僕と叶琳ちゃんが結ばれる運命ってことかな？」

「……想い人が自分に振り向くって書いてあるから、叶琳と結ばれるのは陽世じゃなくて俺」

「えー、夜紘の想い人って誰かな？」

「わかってるくせに聞くとか性格わる」

　わたしは……自分の気持ちに偽（いつわ）りなく行動すると吉……かぁ。

　これは神様からのお告げ的な？

　かじりつくように、じっとおみくじの内容をしっかり読んでると。

「……叶琳は何かいいこと書いてあった？」

「うーん。自分の気持ち次第……みたいな」

　あと数日で、陽世くんか夜紘くん……どちらか選ばなきゃいけない。

「叶琳が決めたこと、俺は受け止めるつもりだけど」

　射抜くような……ぶれない真っすぐな瞳。

　たまに夜紘くんは、何か心に決めたような……いつもと違う顔を見せるときがある。

「もし選んでくれるなら……ほんとは俺を選んでほしい」

「っ……」

「もう叶琳をひとりにさせない……幸せにしたい」

　わたしの気持ちは──。

＊　＊　＊

　神社をあとにして、街を散策。

　和菓子を食べ歩きしたり、有名なガラス細工のお店を見
て回ったり。

　結構いろんなところを歩いて、もう夕方。

「時間過ぎるの早いね」

「う、うんっ。楽しいとあっという間だね」

　うぅ、どうしよう。

　靴擦れがひどくなってるっぽい。

　無理しすぎたかな。

「あれ、そういえば夜紘くんは？」

「それが急にどっかいっちゃったんだよね」

「えぇ」

「夜紘は気まぐれだからね。このまま僕とふたりでデート
の続きする？」

　立ってるだけで痛くて。

　歩くのもう限界……かも。

　そのことを陽世くんに言おうとしたら。

「叶琳。無理しなくていいからそこ座って」

「えっ？」

　ふらっと夜紘くんが戻ってきた。

　片手には小さな袋を持ってる。

「あれ、夜紘ってばどこ行ってたの？」

「薬局行ってた」

「なんで薬局？　ケガでもした？　それとも体調悪いとか？」

「ケガしてんのは俺じゃなくて叶琳」

「え、叶琳ちゃんケガしてたの？」

　もしかして、足のこと気づいて……。

「叶琳の足の動きがおかしかったから」

「そっか。叶琳ちゃん気づけなくてごめんね」

「ううんっ……。大丈夫、平気だから」

「なんで痛いの我慢してんの？」

　なるべくバレないようにしてたのに。

　夜紘くんは、いつだってわたしの些細な変化に気づいてくれる。

「わかる、の……？」

「叶琳のこと見てたらフツーにわかる」

　夜紘くんの優しさに触れるたびに、心臓がキュッて変な動きをする。

「ほら、足出して。簡単に手当てするから」

　陽世くんも気づかなくて、うまく隠せてたと思ったのに。

　夜紘くんは当たり前のように気づいちゃう。

「小指とか真っ赤。結構無理してたでしょ」

「い、いつから気づいてくれてたの？」

「んー、人力車降りたあたりから」

「え……」

　そんなに前から？

「ただ、叶琳が楽しそうにしてたから。無理しない程度に

俺が見てたらいいかと思ったけど。もっと早めに声かけた
ほうがよかったね」

　っ……、そこまで考えてくれてたんだ。

　夜紘くんは、いつもさりげない優しさでわたしを包んで
くれる。

「あとタクシー呼んでおいた。このまま歩いて帰るのつら
いだろうし」

　夜紘くんの優しさに触れるたびに、心が動かされる。

「夜紘くん、ありがとう」

「……叶琳は我慢する癖あるから。俺にはもっと甘えてい
いよ」

　今はどうしてか夜紘くんのことでいっぱい。

夜紘くんには好きな子がいる。

　夏休みが明けた9月。
「あぁぁ、せっかく夏休み楽しかったのに〜！　明けた瞬間に課題テストってなに!!」
「範囲広いもんね……。このあと少ししたら中間テストもあるし」
「ほんとだよ〜！　もうテストばっかりじゃんね〜。わたしも叶琳ちゃんみたいに頭良くなりたいよ〜」
「わたしは陽世くんに教えてもらってるおかげだし。夏波ちゃんも頭良いのに」
「いいなぁ。わたしも教えてもらおうかな！」
　今は課題テストに追われる毎日。
　9月は秋の入り口なのに、夏らしさが全然抜けない。
「あっ、そういえば理事長さんからの呼び出しはあった？」
「それが、急に出張が入ったみたいで。例の話はもう少し落ち着いてからってことになって」
　本来なら夏休みが終わったら、陽世くんか夜紘くんどちらと一緒に過ごすか決める予定だったけど。
　理事長さんが急きょ出張になって延期に。
　とりあえず、あともう少しだけ3人で一緒にいることになってる。
「そっか〜。叶琳ちゃん的には答え出せそう？」
「う……ん。決めたかな」

「わ〜、そっかそっか‼　よかったね、気持ちがきちんと固まって！」

　自分の気持ちに偽りなく行動すること。

　素直に……思った通りに。

　だけど、神様は——ずるいタイミングで揺さぶりをかけてくる。

＊　＊　＊

　寄り道してたら、少し帰るのが遅くなっちゃった。

　リビングの電気がついてる。

　陽世くんも夜紘くんもいるのかな。

　扉のノブに手をかけたとき。

「父さんが出張から帰ってきたら、少しの間だけどちらかが叶琳ちゃんと離れることになるね」

「…………」

　あっ、これ入るタイミング逃(のが)しちゃったかも。

「叶琳ちゃんがどちらを選んでも、恨(うら)みっこなしだよね」

「叶琳が決めたことなら文句言うつもりない」

「ずいぶん余裕だね。自信あるんだ？」

「……別にそういうわけじゃないけど」

　このまま聞き続けるのよくない……よね。

　自分の部屋にいこうかな。

　リビングに背を向けて、離れようとしたとき。

「……ってか、俺ずっと好きな子いるし」

　え……っ？

　一瞬、心臓が嫌なふうに音を立てた。

　どういうこと……？

　夜紘くん好きな子いたの……？

　足がピタッと止まってしまった。

「それは初耳だね。そんなに前から好きなの？」

「……昔から好き。ぶれたことない」

　胸の奥が、これでもかってくらいざわざわ落ち着かない。

「へぇ。夜紘が誰かを一途に想っていたなんてね。意外だな
ぁ」

　ドクドク……心臓がうるさい。

　耳から入ってくる情報が、うまく処理できなくてグルグ
ル回ってる。

「ずっと隠してたんだ？　すごいタイミングで言うね」

「……別に言わなきゃいけないことでもないでしょ」

「いやいや、それ叶琳ちゃんが知ったらどう思う？」

　他に好きな子がいるのに。

　どうしてわたしに好きだなんて言ったの……？

　なんでわたしに触れたの、キスしたの……？

　想いを伝えてくれたのも、ぜんぶ嘘だったの……？

　いろんなことが駆け巡って。

　全然受け止められない。

　いま聞いたことが嘘だったらいいのに。

　本当はわたし以外に好きな子がいるのに、それをどうし
て隠してたの？

　夜紘くんがわからない……っ。

　同時に自分の中ではっきり見えていたはずの気持ちに、もやがかかった。

「じゃあ、僕が叶琳ちゃんをもらっていいんだ？」

　夜紘くんはなんて答えるの……？

　気になって、わずかに足が動いちゃったのが失敗。

「っ……」

　ガタッと音を立てちゃった……。

　あっ、どうしよう。

　今こんな状態でふたりと顔を合わせるのは無理だよ。

「あれ、いま物音がしたね」

「……叶琳が帰ってきたとか？」

　あ……夜紘くんがこっち来ちゃう。

　話聞いてたことバレちゃダメなのに。

　頭の中ぐちゃぐちゃで、固まったまま動けない。

「僕の気のせいかも。叶琳ちゃん今日帰り遅くなるって言ってたし」

　間一髪。

　陽世くんのおかげで、バレずにすんだ。

「それよりさ、夜紘はこっち来て僕の資料まとめるの手伝ってよ」

「……は、なんで。陽世が勝手に引き受けたやつでしょ」

「細かいことはいいじゃん。夜紘の知恵も貸してほしいんだよね」

　夜紘くんの気配が扉のそばからなくなった。

　あれ……そういえば、わたし今日帰るの遅くなるなんて言ったっけ……？

　もしかして、わたしが話を聞いてたのを陽世くんが気づいて……わざと夜紘くんを遠ざけてくれた……？

　考えすぎ……かな。

　ふらっとリビングをあとにした直後。

「さっき夜紘が話してた好きな子ってさ……もしかして、あの公園で会ってた子？」

　──なんて会話は、わたしの耳に届くことはないまま。

　気づいたら瞳が涙でいっぱいになってた。

　頭の中がぐちゃぐちゃで、涙を拭うこともできなくて。

　ぽろぽろ落ちていく。

「っ……」

　心臓が押しつぶされちゃいそう。

　もしかして、夜紘くんは家のしきたりがあるから仕方なくわたしのそばにいてくれただけ……？

　ただ、番かもしれないっていう理由があるから、それに従ってただけ……？

　別に想ってる子がいるのに……。

　あんな優しさ見せるのずるいよ……。

　普段から無口でクールで無気力で。

　他の人には興味もなくて無関心。

　なのに、人一倍……誰よりもわたしのことを気にかけてくれて。

　誰も気づかないところに目を向けてくれるのは、いつも

夜紘くんだった。

　夜紘くんのさりげない優しさに、いつも救われてドキド

キしてた。

　でも……夜紘くんには、ずっと想い続けてる子がいる。

　これは現実で、ひっくり返せない。

　こんなのどう受け止めたらいいの……っ。

　こんなかたちで気づきたくなかった。

「わたし……夜紘くんのこと好きなんだ……っ」

好きだったのは陽世くん？

「……りん、ちゃん」

「…………」

「叶琳ちゃん？」

「……はっ。うわっ、陽世くんどうしたの?」

「どうしたのじゃないよ。さっきから僕が呼んでも返事ないから」

「あっ、ごめんね!」

「何か考え事?　最近ずっと心ここにあらずって感じだね」

「そ、そんなことないよ!　寝不足でちょっとボーッとしてるのかな」

　夜紘くんに好きな子がいることがわかって。

　同時にわたしが夜紘くんを好きって気づいてから数日。

　今日は夜紘くんの帰りが遅いので、陽世くんとふたりっきり。

「それにしても天気悪いね。朝からどんよりした感じだったけど、崩れちゃったね」

「う、うん……」

　雷とか鳴らないでほしい……。

　小さい頃、家でひとりでいたときに、近所で雷が落ちたのを今でも鮮明に覚えていて。

　それ以来、強い雨と雷が苦手になった。

　幼い頃は、ひとりでいるほうがずっと怖くて寂しかった

から、雨が強い日でもあの公園の遊具の中に逃げ込んでた。

　そうすればきっと──あの男の子が来てくれるかもって思ってたから。

　わたしがずっと好きだった初恋の男の子。

「そういえばさ、夜紘と叶琳ちゃんケンカでもした？」

「うぇ……!?　な、なんで!?」

「叶琳ちゃんの夜紘に対する態度が、なんとなくよそよそしいなぁって」

「そ、そんなことないよ!!」

「慌てて否定するところがますます怪しいね」

　別に普段通り接してるつもり……なんだけど。

　どうもわかりやすく態度に出ちゃってるのか、それとも陽世くんが鋭いのか。

「来週あたり理事長が帰ってくるらしいよ」

「そう……なんだ」

「あらためて叶琳ちゃんの気持ち聞けるね」

　ほんの少し前までは、どちらか気持ちは決まってたのに。

　今また迷ってる自分がいる。

　ほんとは自分の気持ちに偽りなく行動したいのに。

　相手に好きな子がいるってわかってる状態で、そばにいてもらうほうが何倍も苦しくて。

　それに、今までの夜紘くんの言葉や優しさが、ぜんぶ嘘だったら──悲しくて胸が張り裂けそう。

　本人に直接聞いたらわかることなのに。

　臆病なわたしは聞けない。

　だって、ずっと想い続けてる大切な人がいる──なんて
面と向かって言われたら。
　そんなのつらい以外の言葉が見つからない。
　せっかく自分の気持ちに気づけたのに。
　今は何をどうしたらいいのか、正解がわからなくなって
しまった。

＊　＊　＊

「わー、さっきよりも空の色がすごいね。結構雨降るのかな」
　まだ陽世くんがいてくれるだけいいかな。
　これがひとりだったら、耐えられないかもだけど。
「あ、そうだ。僕このあと出かける用事があってさ」
「え……」
　陽世くんどこか行っちゃうの……？
　今日はこのまま家にいてくれると思ってたのに。
　窓の外はもうすでに灰色。
　さっきテレビのお天気お姉さんも、ひどい雷雨に注意し
てくださいって。
　夜紘くんはまだ帰ってこないし。
　そんな中、ひとりでお留守番なんて。
　でも陽世くん用事あるみたいだし、わがまま言えない。
　それに、もう高校生なんだから、そろそろひとりにも慣
れなきゃいけない。
「叶琳ちゃん？」

「……あっ。えっと、気をつけてね」

　頑張って笑顔を作ったつもり。

　寂しいなんて言っちゃいけない。

「ひ、陽世くん？」

　なんだろう……？

　じっとわたしのこと見てる。

「えっと、わたしの顔に何かついてる？」

　かと思えば、スッと離れてスマホでどこかに電話。

　しばらく誰かと話して、こっちに戻ってきた。

　そのあと、陽世くんはどこかに出かける様子もなくて。

　ただ、リビングでタブレットとにらめっこしてる。

「陽世くん、出かけなくていいの？」

「ん？　あぁ、その予定なら取り消しにしたから」

「え、どうして？」

「家でもできる作業だからね。スマホで連絡取れるように
しておけば、家でやってもいいみたいだから」

　なんで急に予定を変更したんだろう？

「叶琳ちゃんが不安そうな顔してるのに、ひとりにしてお
けないよ。僕がそばにいるから安心してね」

「えっ……もしかして、わたしのため……？」

「僕も叶琳ちゃんと一緒にいたいし。だから気にしないで」

　わたしが寂しくて、不安なことに気づいてくれて。

　わたしのせいで予定変更になったのに。

　陽世くんは、わたしのせいだって言わない。

　そこが陽世くんの優しさ。

　それに、わたしがひとりにならないように、リビングで
作業してくれてる。

「あの、陽世くん。ありがとう」

「ふふっ、急にどうしたの？」

「ううん。忙しいのにごめんね」

「全然。それよりもさ、叶琳ちゃんはもっと僕に甘えてね。
我慢するのダメだよ」

「う、うん」

「僕のことも頼りにしてくれたらうれしいな」

　それから陽世くんは、ずっと一緒にいてくれて。

　このまま天気が荒れることなく、ひと晩過ぎてくれたら
いいのに。

　天気の神様はイジワルで、雨がひどく降り始めた。

　それに加えて、雷まで鳴り始めて。

　ゴロゴロっと大きな音が鳴った。

「ひっ……今の雷……？」

「雨も降りだしてきたから、これからもっとひどくなるか
もしれないね」

　雨音も雷の音もすごい聞こえる。

　やだな……。

　陽世くんがそばにいてくれてるのに。

　やっぱり雷は怖くて苦手。

「もしかして雷怖い？」

「っ……」

　窓の外がピカッと光った瞬間……ガシャンッと大きな音

が鳴った。

「うぅ……やっ……」

　びっくりした反動で、身体がビクッと跳ねちゃって。

「今の結構近くに落ちたのかな」

「むりむり……っ」

　とっさに頭を抱えてしゃがみ込むと。

「僕がそばにいるから大丈夫だよ」

　ぜんぶを包み込むように、陽世くんが抱きしめてくれた。

　……直後に事態は最悪なことに。

「え……っ、うそ……停電（ていでん）……っ？」

　今の落雷（らくらい）のせいで、部屋の電気が落ちてしまった。

　暗いと余計に稲光（いなびかり）が見えて無理……っ。

「電気ぜんぶ消えちゃったね」

「うぅ……なんで陽世くん冷静なの……っ」

　陽世くんはびっくりするどころか、落ち着いてるしなんだか愉しそう。

　わたしなんてもう泣きそうだし、身体ぷるぷる震えてるのに……っ。

「叶琳ちゃんが泣いてるの可愛いなぁ」

「ぅ……からかわないでよぉ……っ」

　陽世くんが大きな身体で、安心させるようにギュッてしてくれる。

「今日は叶琳ちゃんが甘えん坊だ？」

「ぅ……だって……きゃっ、今また光った……っ」

「可愛いなぁ。そうやって無防備にしてさ」

「……っ？」

「いま僕が叶琳ちゃんのそばを離れるって言ったらどうする？」

「そんなイジワル言わないでよぉ……っ」

「僕と離れたくないの？」

　雷怖いし、陽世くんいなくなっちゃうかもしれないし。

　ぐちゃぐちゃして、瞳に涙いっぱい。

　さっきまでの優しい陽世くんどこいっちゃったの。

「ごめんね。叶琳ちゃんが可愛すぎてイジワルしちゃった。そんなに泣いちゃうくらいひとりが嫌なんだね」

「雷が苦手……なの」

「そっか。それじゃあ、こういう雷雨のときはおばあさんと一緒にいたの？」

「ううん……。小さいときは、ひとりでいるのが怖くて寂しくて、よく近所の公園に行ってて。そこでわたしが遊具の中にいると、かならず来てくれる男の子がいたの。わたしが寂しくないように、ずっとずっと一緒にいてくれて」

「へぇ……。その公園って叶琳ちゃんが住んでた家の近くなんだよね？」

「う、うん。公園にあるドームみたいな形の大きな遊具があって。わたしよくその中にひとりでいて」

　他に、その公園は赤色と青色と黄色のベンチがあって。

　結構大きな公園だったから、近くに住んでる人はみんな知ってる有名な場所でもあったり。

　それをぜんぶ陽世くんに話すと。

「僕その公園知ってるかも」

「え……？」

　どういうこと……？

　偶然、そこの公園に行ったことがあるとか？

「今はその男の子とは会えないの？」

「急にいなくなっちゃったの。名前も住んでる場所も、年齢も知らない子で。もしかしたら、引っ越したのかな……とかいろいろ考えたけど、結局今も会えないままで」

「へぇ、そっか。ちなみにどんな子だったの？」

「うーん……見た目だけだと、わたしと同い年か……ちょっと上くらいかな。それで、髪色が陽世くんみたいに明るくて。あっ、あと首筋にほくろがふたつ並んでたの」

　今でも忘れてない、男の子の特徴。

「じゃあ、叶琳ちゃんにとっては——その子が初恋の相手なんだ？」

　今でこそ、もう叶(かな)わない初恋。

　でも、会えるならもう一度……。

　すると、急にパッと部屋の明かりが復旧(ふっきゅう)した。

「あっ、明かり戻ったね」

「っ……え、あ……」

「……？　どうかした？」

　偶然……ほんとに偶然。

　陽世くんの少しゆるっとしたシャツの襟元から——首筋に見えた……ふたつ並んでるほくろ。

　え……、え……っ？

　思考回路が停止寸前。

　こんな偶然ある……？

　今さっき話していた初恋の男の子と、まったく同じ位置にほくろがある。

　それによく思い出してみると、髪色はほとんど同じだし、顔立ちも面影があるような。

　それなら再会したときにどちらか気づいても……。

　それに、陽世くんは今までひと言も……。

「あのときの男の子は陽世くん……なの？」

　もしそうだって言われたら──。

「そうだよ」

「っ……え」

「──って言ったらどうする？」

　いつも笑顔の陽世くんが笑ってない。

　いつになく……とても真剣な表情。

「叶琳ちゃんの初恋の男の子が僕だって言ったら……僕を好きになってくれる？」

　肝心な答えを聞けないまま。

　タイミング悪く、リビングの扉が開いた。

　──夜紘くんの手によって。

「わー、ものすごいタイミングで帰ってきたね」

「……なに叶琳に迫ってんの」

「これは叶琳ちゃんが甘えてくれてるんだよ。ね？」

「え、えっと……」

「叶琳おいで。そんな無防備に陽世に近づくのダメ」

　聞きたいこと聞けなかった。

　ちょっと答えを濁されてモヤモヤしてる。

「……涙の跡がある。陽世に泣かされた？」

　違うって意味を込めて、首を横に振ると。

「夜紘ってば、人聞きの悪いこと言わないでよね」

「……陽世は何するかわかんないし。ってか、ふたりで何してたわけ」

「ちょっと思い出話を……ね」

　意味ありげな言い方。

　わたしの初恋の相手は陽世くんなの……？

「夜紘には内緒だもんね」

「そーゆー煽り方ほんと腹立つんだけど」

「いくらでも腹立てなよ？　僕と叶琳ちゃんふたりだけの秘密だから」

　それに……夜紘くんはずるい。

　本当に好きな子が別にいるのに、こうやってわたしに触れてくるのが。

　初恋の男の子は陽世くん……かもしれない。

　でも、今わたしが好きなのは夜紘くん。

　わたしはどっちを選んだらいい……？

双子どちらか選ぶとき。

「ん……ん？」

「……起きた？」

　この声は夜紘くん……？

　まだ眠くてボーッとする意識の中、ゆっくりまぶたを開けると。

「……おはよ」

「お、おはよう。まだ朝早い……よ？」

　いつも起きる時間よりだいぶ早い。

　眠くて目をゴシゴシこすってると。

「だって今日までかもしれないし。叶琳とこうやって一緒にいられるの」

　つまり、それは……。

「今日……父さんが帰ってくるって」

　あぁ、やっぱり。

　近々帰ってくるとは聞いてたけど、今日なんだ。

　もうさすがに予定変更はないだろうから。

　今日……わたしは陽世くんか夜紘くん……どちらかを選ばなきゃいけない。

「俺は叶琳が決めたことに文句は言わない」

「っ……」

「だけど……叶琳と離れるのは嫌」

　絶妙な言葉の揺さぶり。

　ただわたしを抱きしめるだけで。

　夜紘くんの腕の中にいるこの時間が……ずっと続いたら
いいのに。

　——なんて、叶わないことばかり。

＊　＊　＊

「やあ、すまなかったね。わたしのほうでいろいろと出張
が重なったり、忙しくて時間が作れなくて」

　放課後、3人で理事長室に呼ばれた。

　前ここに呼ばれてから、1ヶ月以上が過ぎてるなんて。

　そんなに期間があったわけだし、今日こそ自分の気持ち
に正直になって決めなきゃいけない。

「3人での生活は変わらずかな？」

「僕は毎日可愛い叶琳ちゃんと過ごせて幸せだよ」

「陽世は叶琳さんにぞっこんだな。夜紘はどうだ？」

「……別に。毎日フツーだけど」

「そうかそうか、普通かー。まあ、約半年間3人でなんと
か生活できてるみたいで安心したよ」

　思い返してみたら、もしかしたら夜紘くんは3人で生活
することもよく思ってなかったのかな。

　だって、好きな子がいるのに家の決まり事で番かもしれ
ないわたしと一緒に生活するなんて。

　あぁ……また夜紘くんのことばかり。

　気づいたら頭の中、夜紘くんでいっぱい。

「さて、それじゃあ本題に入ろうか。叶琳さんは陽世か夜紘、どちらと一緒にいたいか決められたかな？」

「決まって……ます」

　わたしが一緒にいたいって言えば、ふたりとも決まり事だから仕方ないってそばにいてくれる。

　だから……。

「わたしが一緒にいたいのは——」

＊　＊　＊

「うれしいなぁ、叶琳ちゃんが僕を選んでくれるなんて」

「…………」

「叶琳ちゃん？」

「あっ、うん。ちゃんと決めたの。陽世くんがいいって」

　あれから陽世くんとふたり部屋に帰ってきた。

　わたしが選んだのは陽世くん。

　自分の気持ちに偽りなく行動……したつもり。

　なんだかんだ陽世くんは優しいし、わたしのことを想ってくれてるし。

　それに……好きな子がいるのにわたしといるのは、夜紘くんにとっても苦しいと思うから。

　これでよかった……はず。

「叶琳ちゃんの中で、夜紘よりも僕のほうが上ってことだ？」

「う……ん」

「じゃあ……僕が叶琳ちゃんのこと抱いてもいいの？」

「え……？」

　あっ……え？　今なんて？

　考えてる間に、身体がソファに倒された。

　真上には陽世くんが覆いかぶさっていて、逃げ場がない。

「だって僕のこと選んでくれたんでしょ。それなら遠慮しない」

「それは……っ」

　待って、展開が急すぎるよ。

「叶琳ちゃんのぜんぶ僕のものにする」

「っ……、まって。陽世くん落ち着いて」

「どうして？　落ち着けるわけないよ。叶琳ちゃんが僕を選んでくれて、こんなにうれしいのに」

　押し返そうとする手を簡単につかまれて。

　指を絡めてギュッとつないでくる。

「ずっと叶琳ちゃんを独り占めしたかった」

　甘い……甘い陽世くん。

　触れてくる温度ぜんぶが甘い。

「僕の一方的な想いじゃなくて……叶琳ちゃんも僕を想って選んでくれたんでしょ？」

「……っ」

「叶琳ちゃんのぜんぶ——僕だけにちょうだい」

　たしかに陽世くんを選んだのはわたしだけど。

　でもでも……。

　いきなりぜんぶちょうだいっていうのは……。

　まだ心の準備が……っ。

「ふっ、冗談だよ」

「ふへ……？」

「そんな頭いっぱいって顔されたら、もうこれ以上は迫れ
ないね」

　な、なんだ……冗談かぁ……。

　陽世くんの瞳とか言い方とか……ぜんぶ本気に見え
ちゃったから。

「それにね、僕決めてるんだよ。叶琳ちゃんの気持ちが追
いつくまで待つって」

「え……あ」

「僕って意外と紳士なんだよ？　まあ、叶琳ちゃんが夜紘
じゃなくて、僕を選んでくれたことがうれしいのは本心だ
からね」

　腕を引かれて、あっという間に陽世くんの腕の中。

「ただ……これから夜紘がいない間……僕がたっぷり愛し
てあげるからね」

　これから2週間、わたしの心臓もつかな。

　　　　　　　　＊　＊　＊

　迎えた夜。

　今日からずっと陽世くんの部屋で寝るのが決まってる。

　夜紘くんは今どこにいるんだろう。

　前に住んでたお屋敷に戻ってるとか？

　明日、学校では会えるのかな。

　夜紘くんと離れてから、夜紘くんがどこにいるとか詳細<ruby>詳細<rt>しょうさい</rt></ruby>は全然教えてもらえなくて。

　それに、理事長さんにはっきり言われたこと。

　２週間は夜紘くんと接触しちゃいけないって。

　だから、夜紘くんの居場所を教えてもらえないのかな。

　ただ……今も頭に残って離れないのは。

　わたしが陽世くんを選んだとき。

　今まで見たことがないくらい──切ない瞳をしてた夜紘くん。

　夜紘くんは矛盾星人だ。

　好きな子がいるくせに、あんな瞳をするなんて。

　今わたしのそばにいるのは陽世くんなのに。

　考えるのは夜紘くんのことばかり。

　なんかこれ前にも同じことあった。

　それに……。

「叶琳ちゃん、どうしたの？　少し身体震えてるよ」

「っ……」

　陽世くんと一緒にベッドに入ってから、ちょっとずつ身体が熱くなってる。

　一気にぶわっと高まる感じじゃなくて、じわじわと熱がたまる感覚。

　これもしかして……発情する手前なんじゃ。

　本能的に求めてるのは陽世くん……？

　それとも夜紘くん……？

　どちらにしても、この状態はかなりまずい。

　陽世くんに気づかれちゃう前に、自分でなんとかしなきゃ……。

　あっ……そういえば、抑制剤あったっけ……？

　出会った頃にもらったもの。

　一度も使ったことないけど。

　たしか、発情する前に服用しても効果があるって聞いたような。

　まだかろうじて身体に力は入るし。

　抑制剤を飲む以外……自分で発情を抑える方法がわからないから。

「わたし、ちょっと喉渇いたから、お水……飲んでくるね」

　さっきよりちょっと熱くて身体が重い。

　早く抑制剤を飲まないと……。

　立ち上がった瞬間、グラッと視界が揺れた。

　一瞬、自分の身体が支えられなくて倒れたのかと思ったけど。

　……違う。陽世くんが、わたしの腕を引いたから。

「お水なら僕が持ってきてあげるよ」

　足が絡んで、ふらふらベッドに倒れちゃう。

「だい、じょうぶ……。自分で取りにいく、から……っ」

　はぁ……っ、どうしよう。

　ちょっと息が苦しくなってきた。

「いいよ、無理しなくて。ちょっと待っててね」

　発情してるこの状態は、陽世くんにバレちゃいけない気

がして。

　だから、ひとりになってこっそり抑制剤を飲もうとしたのに。

　陽世くんはわたしを心配して、抑制剤を飲むのには反対するだろうから。

「はい、お水持ってきたよ。身体起こせる？」

「っ……、うん。自分で起きれる……から」

　少し腰のあたりに触れられただけで、ゾクゾクして反応しちゃいそうになる。

「無理しないで。ほら、僕に寄りかかっていいからね」

「……ぅ、やっ」

　やっぱりむり……っ。

　熱がだいぶあがりきってるせいで、声がうまく抑えられない。

「叶琳ちゃん？」

「はぁ……っ、ぅ……おねがいだから、あんまり触れない、で……っ」

　陽世くんから距離を取りたいのに、身体の力が指先までぜんぶ抜けきっちゃって。

「……もしかして発情したの？」

　思考が熱に溶かされて、耳に届く声にあんまり反応できない。

　意識が朦朧として、次第に目の前にいるのが陽世くんなのか夜紘くんなのか……わからなくなるほど。

「叶琳ちゃん？　僕の声聞こえてる？」

「ん……っ、耳元は……っ」

「もうどこ触っても感じちゃうの?」

「っ……やぁ」

　頭ふわふわして、視界もゆらゆら。

　熱に侵されて、自分を見失っちゃいそう。

　それに……さっきまでは、どっちに発情したかわからなかったけど。

　熱があがりきって、分散しないもどかしい状態までくると……。

　本能的に誰を欲してるのか、わかる気がして。

　きっと今、わたしが求めてるのは——。

「やひろ……くん……っ」

　ちゃんと素直にならなかった罰が当たった。

　解放されない熱にうなされて、理性がほぼ機能しない。

「いま叶琳ちゃんの前にいるのは僕だよ」

　わたしに覆いかぶさって……表情が複雑に歪んでる陽世くんが目に映った。

　でも、そんなのぜんぶ熱に流されて、何も考えられなくなって。

「——夜紅の名前なんか呼ばないで」

　嫉妬が混じったような、怒りを抑えてるような声。

「優しくなんてしてあげない」

　少し強引に口をあけさせられて、中に錠剤のようなものが入ってきた。

「んっ……」

　ペットボトルの口元があてられて。

　冷たいお水も流れてきて、錠剤をゴクッと飲み込むと。

「ちゃんと僕を見て──叶琳」

　頬に落ちてきたとびきり優しいキスに……クラッとめまいがした。

夜紘くんにもっと触れたい。

「おはよ、叶琳ちゃん」

「お、おはよう」

「うれしいなぁ。これから2週間、毎朝こうして目が覚めたら叶琳ちゃんが僕のそばにいるなんて」

　わたしが目を覚ますと、優しく笑いかけてギュッと抱きしめてくれる。

「誰にも……夜紘にも邪魔されずに、叶琳ちゃんを独占できるなんてね」

「ずっとふたりって、なんか緊張する……ね」

「3人に慣れてるからかな。まあ、2週間もすれば僕とふたりの生活にも慣れると思うよ」

「そう……だね」

「このまま学校サボりたくなっちゃうね」

「あんまりゆっくりしてると遅刻しちゃうよ」

「いっそのことお姫様抱っこで通学もいいかもね」

「よ、よくないよ……！　そんなことしたら、陽世くんのファンの子たちに叩かれちゃうよ」

　今はとくに何も起こらず、なんとか平穏に学園生活を送れてるけど。

　目立ちすぎたら、陽世くんラブな子たちが黙ってないよ。

「そうなったら僕が守ってあげるよ。叶琳ちゃんに何かあったら、相手が誰であろうと容赦しないから」

　これを笑顔で平然と言っちゃうのが陽世くん。

＊　＊　＊

　陽世くんといつも通り迎えの車で学校へ。

　家で夜紘くんとは、いっさい顔を合わせないけど。

　さすがに学校では会えるかな。

　……と思ったら。

「えー、今日から２週間ですが、京留夜紘くんは家の事情で欠席になります」

　朝のホームルームで担任の先生が、そう告げた。

　このあと、陽世くんに事情を聞いた。

　なんでも、わたしとの接触を少しでも減らすために、夜紘くんだけ別のところで授業を受けるみたい。

　まさかここまで徹底されるとは思ってなくて。

　ほんとに２週間ずっと会えないんだ。

　こうなることを選んだのはわたしなのに。

　クラスメイトの子たちには、欠席とだけ伝えられたから。

　そうなると、心配した女の子たちが陽世くんに事情を聞くわけで。

「夜紘くん２週間もお休みなんだね？　もしかして体調悪いとか？」

「まあ、いろいろあってね。あまり深く詮索しないでもらえるとありがたいかな」

　ただ、夏波ちゃんだけはわたしが相談してるのもあって、

この事情を知ってる。

「叶琳ちゃんが選んだのは陽世くんだったか～。もうふたりでの生活は始まってるんだよね？」

「う、うん」

「そっかぁ～。叶琳ちゃんが悩んで出した答えだもんね」

　お昼休み。

　教室で話すと誰かに聞かれちゃう可能性があるので、夏波ちゃんと屋上へ。

「それにしても、徹底してるね～。2週間ずっと家でも学校でも顔を合わせないんだよね？」

「うん。わたしもさっき陽世くんから聞いて」

「夜紘くんは寂しがるんじゃない？　あんなにあからさまに叶琳ちゃんのことだいすきって感じだしさ～！」

「夜紘くんは、わたしじゃなくて別に好きな子いるから」

「え？」

「……？」

「うぇぇぇ!?　ないない!!　それはないよ!!」

　夏波ちゃん驚きすぎじゃ？

　ありえないって、手をブンブン横に振ってる。

「それはぜっったいありえないよ!!　夜紘くんめちゃくちゃ叶琳ちゃんのこと好きだよ!!」

「え、え??」

「はたから見たら、夜紘くんは叶琳ちゃん一直線だよ！　いつも叶琳ちゃんのこと見てるし！　それにね、叶琳ちゃんを見る瞳が他の人を見てるときと全然違うよ!?　って

か、そもそも他の人に興味なさそうで見てもないと思うけど！」

「で、でも前にこっそり陽世くんと夜紘くんが話してるの聞いちゃったとき、好きな子がいるって……」

「えぇ!! それ叶琳ちゃんのことじゃないの!? 叶琳ちゃんじゃなかったら逆に誰!?」

「それはわたしもわからなくて。ただ、ずっと好きだって言ってたから」

「ずっとか～。叶琳ちゃんはここで出会う前に、夜紘くんと出会ってるとかないの？」

「うん、ないと思う」

「うわ～、謎だよ謎!! もういっそのことわたしが聞いてみようかな！ 夜紘くんの好きな子誰って！」

　夏波ちゃんものすごく盛り上がっちゃってる。

「あっ、でも離れてみて相手の大切さとかわかるのもあるだろうし！ 2週間後に夜紘くんが我慢できなくて告白してくるかもよ!!」

「えぇ……それはないよ」

　夏波ちゃんが普段見てる夜紘くんって、わたしが知ってる夜紘くんとは違うのかな。

　客観的に見ると違う……的な？

「陽世くんも叶琳ちゃんのことだいすきだろうしな～！ 陽世くんもわかりやすいし！ 叶琳ちゃんと一緒にいられるのがうれしいのか、いつものスマイルに磨きがかかってたよ!!」

　そ、そんなにいつもと違ったかな。

　わたしにはいつもどおりの笑顔に見えたけど。

「2週間でいろいろ大きく変わるかもしれないね！　もし、叶琳ちゃんが悩んだりすることあったら相談してねっ！わたしいつでも話聞くから～！」

「う、うん。夏波ちゃんいつもありがとう」

　　　　　＊　＊　＊

　放課後。

「さて、叶琳ちゃん帰ろうか」

「あっ、うん」

　陽世くんとふたり、迎えの車で家に帰ってきた。

　まだ夜紘くんと会ってないのは1日だけ。

　頭の片隅に夜紘くんの存在がちらちらしてる。

　いま一緒にいるのは陽世くんなのに。

　いつもどおり、ごはんを食べてお風呂に入って。

　当たり前のように時間は過ぎていく。

　そしてあっという間に寝る時間。

　陽世くんの部屋で、陽世くんと一緒。

　いつもと変わらず、ただ同じベッドで寝るだけ――のはずだったのに。

「……このままおとなしく寝かせてあげない」

　今日の陽世くんは、ちょっと危険な瞳をしてる。

　ベッドが軋む音がして、ゆっくり真上に覆いかぶさって

きた。

「この２週間で……叶琳ちゃんが僕だけに発情するように なったらいいのにね」

　もし、このまま陽世くんにしか発情しなくなったら。

　夜紘くんとは、完全に離れることになるのかな。

　もともと最初の決まりでは、わたしにとっての運命の番 は陽世くんか夜紘くんのどちらか。

　ふたりと出会ったときは、フェロモンが覚醒したばかり だったから。

　陽世くんか夜紘くん、どちらに発情するかわからなかっ たけど。

　今こうして夜紘くんとの接触がなくなったのをきっかけ に、陽世くんだけを求めるようになったら。

「叶琳ちゃんが本能的に僕だけを欲してくれたら──僕と 結ばれることになるね」

　もし、陽世くんがわたしの運命の番なら、それで結ばれ たら初恋が実ったことになる。

　まるで女の子が憧れるような夢物語。

　これでいいはずなのに。

　どうしてか──夜紘くんのことが引っかかって頭から離 れない。

「僕が少し前に言ったこと覚えてる？」

「……？」

「今よりもっと遠慮しないって。叶琳ちゃんのぜんぶ僕の ものにするって」

　けっして強引な手つきじゃなくて。

　優しく大切に……わたしの頬に触れた。

「もちろん、叶琳ちゃんが嫌がるようなことはしないって約束するからね」

「あのっ、陽世くんさっきから近いよ……っ」

「そう？　可愛い叶琳ちゃんの顔ずっと見たいからさ」

　甘い陽世くんの誘うような言葉。

「だって今、誰にも邪魔されない。僕だけが可愛い叶琳ちゃんを独占できる……こんなチャンス逃すわけないよね」

　ぜったい堕とす……って、熱い瞳がとらえてくる。

　それから2週間ずっと陽世くんとだけ過ごした。

　学校にいるときも、家にいるときも常に陽世くんと一緒。

　陽世くんの優しさにも触れて、素敵なところも前よりもっと知ることができた。

　だけど——。

　ただ……夜紘くんがいないだけで、心に少しぽっかり穴が空いた気分。

　一緒にいる陽世くんのことよりも——離れて過ごしてる夜紘くんのことを考えちゃう。

　離れて過ごしてより一層、夜紘くんへの想いが強くなった気がする。

＊　＊　＊

　——2週間後。

「どうだったかな。陽世とふたりで過ごしてみて」

　わたしと陽世くんだけ、再び理事長室に呼び出された。

「叶琳さんの中で何か変化はあったかな？」

「えっと……あまり……」

「そうかぁ。まあ、期間が少し短かったのもあったのかな。それとも、どちらかひとりに絞っても、今の段階で見極めるのは難しかったということかな」

　２週間、陽世くんと過ごしても、わたしが陽世くんに発情することは一度もなかった。

　陽世くんも、わたしが嫌がることはしないって約束を守ってくれて、適度な距離感で過ごしてくれた。

「それか、今度は逆に叶琳さんと夜紘がふたりで過ごしてみるか。期間も２週間ではなく１ヶ月くらいにするのも──」

「父さん待って。それは僕が反対する。だって、今回叶琳ちゃんが選んだのは僕だよ？　そんなことしたら、叶琳ちゃんが僕を選んだ意味がなくなるよ」

　普段ゆっくりした口調なのに、今は少し早口。

　さらに。

「それに、僕と過ごして何もなかったんだから、わざわざ期間を延ばして叶琳ちゃんと夜紘が一緒にいる必要はないと思うよ」

「……それもそうか。では、もう一度３人で一緒の生活に戻すか。今日から夜紘にも帰ってきてもらうことにしよう。本当なら、そろそろどちらが運命の番か見極めてほしいと

ころだが。まあ、今はあまり焦らず時の流れにまかせるし
かないか」

　わたしと陽世くんが先に家に帰ってきて、しばらくして
夜紘くんが帰ってきた。

「わー、夜紘久しぶり。元気してた？」

「……別にフツー」

　久しぶりに見たせい……かな。

　なんか夜紘くん顔色悪い気がする。

　それに、なんだか顔を合わせるのが気まずい。

　だって、わたしは夜紘くんじゃなくて陽世くんを選んだ
わけで。

　前みたいに接することができるかな。

＊　＊　＊

　そしてあっという間に寝る時間。

「今夜はどっちが叶琳ちゃんと寝る？」

　さすがに夜紘くんは、わたしと同じ部屋は嫌だよね。

　そうなると今日も陽世くんと──。

「……今夜叶琳と寝るのは俺」

「えー、でもさ──」

「……ぜったい譲らない。引く気ないから」

「夜紘がそこまで強く言うの珍しいね」

「…………」

「いいよ。僕は２週間たっぷり叶琳ちゃんのこと独占でき

たから。夜紘に譲ってあげる」

　こうして今日は夜紘くんと寝ることに。

　やっぱり、ちょっと気まずい……。

　顔を見たのも久しぶりだし、話すのだって久しぶり。

「叶琳、おいで」

　夜紘くんはいつもどおり……かな。

　ベッドに乗ると、優しく腕を引いて抱きしめてくれた。

　夜紘くんの腕の中は、あたたかくて優しくて。

　このあたたかさがすごく好き……だいすき。

　思わず頬をすり寄せたくなっちゃうほど。

　でも、反対に頭の中ではいろんなことがグルグル駆け巡ってる。

　なんで今日わたしといることを選んでくれたのか。

　それと……わたしが陽世くんを選んだこと、どう思ってるのかな。

　けど、夜紘くんには好きな子がいるから、関係ない……かな。

　久しぶりの夜紘くんの体温と匂い。

　全身に甘さが回って、ちょっと震えてる。

　陽世くんと近くで触れても、こんなすぐにわかりやすく発情することなかったのに。

「っ……」

　むり……っ、今どうしようもなく身体が熱い。

　夜紘くんのこと欲しくなってる。

「……叶琳？」

「ひゃぁ……」

　耳元で名前を呼ばれただけなのに。

　すごく反応しちゃう。

「そんな甘い声出して……可愛い顔して」

「っ……ぅ」

「……俺のこと誘ってんの？」

　いつの間にか悲しいわけじゃないのに、涙が出てくる。

「瞳うるうるさせて……かわいー」

　甘くて低い声が鼓膜を揺さぶるたびに、身体が熱くなる。

　夜紘くんに触れられるところ、ぜんぶ熱を帯びて。

「唇に触れただけなのに……そんな欲しそうにして」

「んっ……」

「可愛いしエロいね……たまんない」

　肌が焼けるように熱い。

「指で触れただけで、こんなとろけた顔して」

「ぅ……んん」

「キスしたら……どーなるんだろうね？」

　唇に押し付けられる指先にすら、ゾクゾクして。

　甘さと熱が混ざり合って、冷静な思考がぜんぶ溶けていっちゃう。

「想像しただけでゾクゾクした？」

「っ……」

「身体わかりやすいくらい反応してる……ほんと可愛い」

「んんっ……」

　え……あっ……。

　なに……このキス……っ。

「……もっと可愛い叶琳ちょうだい」

　強く唇に押し付けられるやわらかい感触。

　あがりきった熱に、身体がついていかない……っ。

「はぁ……まだ少し触れただけなのに」

「っ、ん」

「こんな身体熱くしてさ」

「……っ、うぁ」

「それに……こんな甘い匂いさせて俺のこと誘って」

　もう一度……唇をまんべんなく覆うような、吸い付くようなキスが落ちて。

　離れるのを惜しむように、チュッとリップ音を残して。

「……キスしたのに発情治まんないね」

「はぁ……っ、ぅ」

　治まるどころか、さっきよりも熱い。

　もう理性が半分くらい熱に溶かされてるような感覚。

「俺と一緒にいるのに……陽世に発情した？」

　今もまだ……夜紘くんの甘い声を聞くと、全身がぞわぞわする。

「俺のキスで発情治まってないし」

「これ……は」

　普通なら、この状況で夜紘くんに発情したら夜紘くんのキスで治まるはずなのに。

　治まってないってことは、今わたしが求めてるのは陽世くんってことになる。

　でも……。

「ほんとは陽世に渡したくないけど。このままだと叶琳が
苦しいだろうから。すぐ陽世呼んで──」

「まって……っ、ちが……う」

「……何が違うの？」

　なんとなくわかる。

　なんで止められないのか、抑えられないのか。

　それは──。

「夜紘くんがもっと……してくれたら治まる……からっ」

　わたしがもっと……もっと夜紘くんに触れてほしいと
思ってるから。

　もう抑えられない。

　本能的に夜紘くんをすごく欲してる。

「……もっと俺とキスしたいってこと？」

「っ……」

「叶琳が求めてくれるなら……もっと甘いのしよっか」

　夜紘くんの気持ちを知ってるからこそ、抵抗しなきゃダ
メなのに。

　もう理性なんてぜんぶどこかいっちゃって。

　久しぶりの甘い刺激に身体が追いつかない。

「はぁ……叶琳可愛い。死ぬほど可愛い」

「や……っ、もう可愛いって言わないで……っ」

「……なんで？」

　夜紘くんに可愛いって言われるたびに、身体がすごく反
応しちゃう。

「や……なのっ。今よりもっと夜紘くんでいっぱいになっちゃう……っ」

「……いいじゃん。もっと俺でいっぱいになれば」

「んんぅ……」

「もっと俺のこと欲しいってねだって」

　やっぱり夜紘くんはずるい。

　好きな子がいるくせに。

「叶琳が俺じゃなきゃダメになればいいのに」

　わたしの心をギュッとつかんで離さない。

第5章

たまらなく欲しくて独占したい。～陽世side～

「……なせ、くん」

「…………」

「ひーなせーくんっ」

「あぁ、ごめんね。どうかした？」

「ここね、さっきの授業でわからないところあるから教え
てほしくてっ」

　あぁ……こうやって甘えてくれるのが、叶琳ちゃんだっ
たらいいのに。

　いま僕に話しかけてきたクラスメイトの女の子は、僕と
目が合うと顔を真っ赤にして。

　それに狙ってるのかわからないけど、上目遣いで僕を見
てくる。

　これが叶琳ちゃんだったら、間違いなく僕の心臓は大変
なことになってたね。

　叶琳ちゃんしか可愛いと思えなくなるほど。

　今の僕は結構重症なのかも。

　僕が笑いかけるだけで、大抵の女の子はうれしそうに頬
を真っ赤にする。

　いま話しかけてきた彼女だって、僕が少し笑って会話に
応じただけで照れた様子を見せてる。

　いつからだろうなぁ……。

　こうして周りに合わせて、作り笑顔を貼り付けて過ごす

のが普通になったのは。

　何かと夜紘と比べられてきたのが原因かな。

　幼い頃は、わりと感情豊かで自分の意思もしっかりあっ
たけど。

　いつしか、周りの顔色をうかがうようになって、自分が
相手に合わせたほうが楽だって気づいた。

　そのほうが、大人たちはみんなほめてくれたから。

　『陽世くんは聞き分けが良くて、本当に賢いわね』とか『陽
世くんはとっても優秀だし、言いつけも守る子だから。将
来に期待がもてるわね』とか。

　ただにこにこしてるだけで、周りが勝手に僕の評価をあ
げてくれる。

　それに気づいてから、自分の意思じゃなくて周りが求め
る優等生を演じるのが普通になっていた。

　反対に夜紘は今も昔も変わらず自由なまま。

　夜紘は、僕と比べられるとかまったく気にしてないし、
意識もしてないと思う。

　まあ、僕はこの性格が功を奏して、人付き合いで困った
ことはないんだけどね。

「陽世くんっ？」

「……あぁ、ここの問題だっけ？」

　だけどいつしか……自分を偽るのが普通になって、どれ
が本当の自分なのかわからなくなっていた。

「ここの解き方なんだけど、難しくてっ」

「そっか。ここはたしか問題集に解き方が書いてあったか

ら、わかりやすく解説するね」

　こうやって、人にいい顔するのも疲れるよね。

　いつもにこにこしてるのが普通の僕だって、イメージを
もたれたまま。

　まあ、それを周りに印象付けたのは自分なんだけどさ。

　なんでもかんでも安請け合いするようになって。

　誰かの期待に応えることも、誰かのために自分の時間を
使うことも。

　──次第に、ぜんぶどうでもよくなったんだよね。

　内心本当は面倒くさいし、愛想振りまいて笑顔でいるの
だって疲れる。

　僕だってひとりの人間なんだから、機嫌悪いときもある
わけでさ。

　でも、周りにそれを見せちゃダメだって、勝手に思うよ
うになって。

　いつしか、自分の弱いところを他人に見せられなくなっ
ていた。

　まあ、自分がやったことだから自業自得。

　だから、これでいいんだって思ってたはずなのに。

　それをぜんぶ見抜いてしまう女の子が──僕の前に現れ
たんだ。

「あっ、陽世くんやっぱりまだ教室に残ってたんだね。今
日も何か頼まれごと？」

「さっきまでクラスメイトの子に勉強を教えてたんだ。叶
琳ちゃんはどうしてここに？　もう授業はとっくに終わっ

てるのに」

「陽世くんが、また頼まれごとたくさん引き受けてないか、心配になっちゃって。陽世くんみんなに優しいから。前も言ったけど、あんまり無理しないでね?」

　ほら、彼女——叶琳ちゃんは他の子と違う。

　なんでもかんでも引き受ける僕を心配してくれる。

　みんな頼りたいだけ頼って、僕が何を考えてるとか、どう思ってるとか……ぜんぶ誰もわかってくれないと思ってたのに。

　叶琳ちゃんは、唯一気づいてくれた。

　何気ない優しさと……誰も気づいてくれなかった僕の一面に、そっと寄り添ってくれる——そんな叶琳ちゃんに僕は強く惹かれてる。

「叶琳ちゃんは本当に優しいね。僕、将来叶琳ちゃんみたいな子と結婚したいなぁ」

「け、結婚!?」

「今のプロポーズみたいになっちゃったね」

「プ、プロポーズ!?」

「ふっ、そんな慌てる?」

「だってだって、もし陽世くんファンの子たちに聞かれたら、わたし明日袋叩きだよ!?」

　慌てて周りをキョロキョロしてる姿も可愛いなぁ。

　この子が僕と結ばれる運命だったらいいのに。

　京留家に生まれた時点で、家が決めた相手と結ばれるのは決定事項みたいなもの。

　仮に僕に好きな子がいたとしても、その子と結ばれることはないんだって。

　だから、僕は今まで女の子を好きになったこともないし、そもそも興味もわかなかった。

　みんな僕の笑顔に騙されて、誰も本当の僕なんか知らないって──ひねくれてる部分もあったから。

　叶琳ちゃんとはじめて顔を合わせたとき。

　いま思い返せば、ひとめ惚れだったのかなぁ。

　両家のしきたりの話とか、正直どうでもいいと思ってたけど。

　──叶琳ちゃんと出会った瞬間、手に入れたいと思った。

「ひ、陽世くん？」

「ん？　どうかした？」

「あのっ、そんなに見つめられると、その……どうしたらいいか……っ！」

「じゃあ、叶琳ちゃんが僕に発情するまで見つめてよっか」

「ふぇ!?　急にどうしたの!?」

　最近、気づいたんだよね。

　叶琳ちゃんが発情する相手が、僕じゃないってことに。

　昔聞いたことがある。

　番同士が発情するのは、おもに本能が求めることがほとんどだけど。

　そこに気持ちが連動したら、発情がグッと強まるって。

　つまり、叶琳ちゃんの気持ちは今だいぶ夜紘に惹かれてるってこと。

　今だって、僕がこんな至近距離で見つめても……叶琳
ちゃんは、ただ目を泳がせるだけ。

「僕ばっかりが叶琳ちゃんを求めてるね」

　こんなに欲しくてたまらないのに。

　昔から手に入らないものなんてないと思ってた。

　ただ叶琳ちゃんの気持ちは、ぜったい僕のものにならな
いんだ。

　今までずっと、自分なりに期待に応えて、決まり事やし
きたりに従って、周りが求める優等生でいれば──なん
だって手に入ってきたのに。

　どうしても、叶琳ちゃんだけは手に入らない。

　僕がどれだけ想っても……大切にしても。

　叶琳ちゃんの気持ちは僕に動かない。

　一途が報われる世界線ってどこにあるの？

　切実にそう思うくらい、僕の叶琳ちゃんへの想いは届か
ない、とことん報われない。

　夜紘を想って笑うとびきり可愛い笑顔も。

　夜紘を想って切なそうに泣く顔も。

　叶琳ちゃんのたくさんの表情を引き出せるのは、いつ
だって僕じゃない──夜紘なんだ。

　何度も考えたよ。

　僕と夜紘、何が違うんだろうって。

　叶琳ちゃんを想う気持ちなら、夜紘に負けないって自信
あるし。

　それに、２週間限定で僕か夜紘どちらと一緒にいたいか

叶琳ちゃんが選んだときだって。

選ばれたのは僕だった。

ほんのわずかでも、僕に気持ちが動いたのかもしれないって期待したよ。

でも、それは残念ながら違うんだって思い知らされた。

叶琳ちゃんが僕を選んだのは、僕に気持ちがあったからじゃない。

これは僕の推測だけど……叶琳ちゃんは、自分の気持ちを偽って僕を選んだと思う。

叶琳ちゃんが夜紘を想ってるのと同じくらい……いや、それ以上に……夜紘は叶琳ちゃんを想ってる。

だってさ、夜紘は叶琳ちゃんのことになると、すごい能力を発揮するんだよ。

誰も気づかない、叶琳ちゃんが我慢したりすることを夜紘はぜんぶ見抜いちゃうんだよね。

僕すらも気づけなかったことを。

夜紘は自分にも他人にも興味はないし。

人との付き合いもテキトーで、周りからの評価だって何も気にしない。

だけど、いつだって夜紘は僕と同じレベルにいる。

それに、僕が欲しいものを……簡単に手に入れてしまう。

心のどこかで、夜紘がうらやましいと思うこともあったりして。

だけど、僕がいくらそんなことを思っても、夜紘にとってはどうでもいいで片づけられるもの。

　周りを気にして取り繕（つくろ）ってる僕と。

　自分の思うがままに行動する夜紘と。

　僕のほうがよっぽど貪欲（どんよく）だ。

「陽世くん？　えっと、どうしたの？　何か考え事……？」

「どうして？」

「難しい顔してたから。その、わたしじゃ役に立たないかもしれないけど、なんでも言ってね……！」

「じゃあ、僕と結婚しようね」

「ま、またそういう冗談……！」

　冗談じゃなくて、結構本気なんだけどね。

　叶琳ちゃんが僕を好きだと言ってくれたら。

　それこそ大げさだけど、心臓もたなくなりそう。

　しかも、叶琳ちゃんは初恋の相手を僕だと勘違いしてるっぽいけど。

　たぶんそれは──。

＊　＊　＊

「うわっ、雨降りだしちゃったね！」

「ほんとだ。僕傘持ってないなぁ」

「わたしも持ってないからどうしよう！」

　運悪く、雨がいちばん強いときに帰ることになった。

「じゃあ、僕のブレザー貸してあげるよ。叶琳ちゃんはこれ頭からかぶって車までいこうね」

「え!?　それじゃ、陽世くんが濡れちゃうよ!!」

「僕は平気だから。ほらいくよ」

「あわわっ、まって!!」

　はぁ……いろいろ考えすぎたかな。

　雨に打たれて頭冷やすのにちょうどいいかも。

　ぜんぶ雨に流して忘れなきゃね。

　迎えの車を降りてから、マンションまでそんなに距離は
ないけど、雨が強いせいで結構濡れた。

　叶琳ちゃんも僕のブレザーをかぶってるけど、気休め程
度だからすぐにシャワー浴びさせないと。

「叶琳ちゃん、すぐにシャワーを──」

「陽世くん待っててね!!」

　僕が話す前に、叶琳ちゃんが慌てて部屋の中に飛び込ん
で……しばらくしてバスタオルを持ってやってきた。

「ごめんね、わたしのせいで濡れちゃって!」

　あぁ、自分のことより僕を気にしてくれたんだね。

　そうやって、誰かのために行動できるところも、僕が叶
琳ちゃんに惹かれたところ。

「僕のことなんかいいのに。叶琳ちゃんこそ大丈夫?」

「うんっ、全然平気っ!」

　平気……ね。

　どこがって突っ込みたくなるよ。

　濡れたブラウスから、ほんのり肌が透けてる。

　それに……自覚してるのか、してないのか。

「……ほんとに平気なの?」

「へ……?」

「中に着てるキャミソール……透けてるよ」

「へあ……!?　ほ、ほんとだ……！」

　なんだ、やっぱり気づいてなかったんだ。

　でもね、僕だってこんな無防備な姿見せられたら変な気
起こるからね。

「叶琳ちゃんが悪いんだよ。そんな格好で誘うから」

「っ、ひなせ……くん……？」

「すぐに脱ごっか」

「っ……!?　な、なん……で」

「そのままじゃ風邪ひいちゃうでしょ」

　叶琳ちゃんが逃げないように、身体を壁に押さえつけて。

　片手でブラウスのボタンをぜんぶ外した。

「ぅ……やっ、見ないで……」

「腕抜いて。脱げないでしょ？」

「む、むりぃ……」

　頬を真っ赤にして、うるんだ瞳で僕を見つめて。

　また簡単に僕の理性を揺さぶってくる。

「言うこと聞かないなら、僕の好きにしちゃうよ？」

　今だって、自分の中にある欲望をぜんぶ抑え込んでるん
だから。

「まって……っ。自分で着替える、から……っ」

　限界って瞳をして、見つめてくるなんて。

「そんな可愛いのどこで覚えてきたの？」

「ふぇ……？」

　この子のぜんぶが、僕のものになったらいいのに。

　僕を想ってくれたら……僕と番になったら。

　死ぬほど大切にして、愛してあげるのに。

　叶琳ちゃんにとって、いまだに僕か夜紘どちらが番かわからない状態。

　ただ——叶琳ちゃんの首を噛んで身体が結ばれたら……その相手が強制的に番になることもできる。

　今も叶琳ちゃんから誘うように、引き込んでくるような甘い匂いがする。

　それにクラッとして、一瞬自分を見失いそうになる。

　……もし僕が叶琳ちゃんの首を噛んでしまったら。

　叶琳ちゃんは悲しむだろうから。

　そんなことしない……だけど、叶琳ちゃんのこと欲しくてたまらない。

　矛盾の狭間にいる自分の感情。

「こんなに可愛い叶琳ちゃんがそばにいてさ……理性保てるわけないよね」

「っ……？」

「はぁ……僕ってほんと優しいよ。本当なら今すぐ叶琳ちゃんのこと襲って食べちゃってたのに」

「た、食べ……!?」

「ほら、僕に食べられる前にシャワー浴びてくることだね」

「で、でも陽世くんのほうがびしょ濡れなのに」

「僕の心配する余裕あるなら襲うよ？」

「な、ななっ！　す、すぐシャワー浴びます……!!　陽世くんもちゃんと着替えてね……！」

そんな慌てなくても、叶琳ちゃんが嫌がることはしな
いって決めてるからね。

＊　＊　＊

また別の日。

今日は夜紘が1日いない。

帰ってくるのはたしか夜だっけ？

今の時刻はまだ午後3時。

叶琳ちゃんとお昼を食べてから、僕はやることがあった
から自室に。

ようやくすべて片付いてリビングに戻ると。

「あれ、叶琳ちゃん？」

どうやらリビングにはいないみたい。

さっきまでここでDVDを見てたはずなのに。

自分の部屋にでもいるのかな。

叶琳ちゃんの部屋の扉をノックしたけど、反応がない。

もしかして寝てる？

だけど、叶琳ちゃんの部屋にベッドはないし。

リビングに戻る途中。

夜紘の部屋の扉が、かすかに開いてるのに気づいた。

中を覗き込むと。

「ん……、やひろ……くん」

あぁ……なんだ。

ここにいたんだ。

　夜紘のベッドで、夜紘の名前を無意識に呼んでる姿を見て——異常なくらいの嫉妬心に襲われた。

　叶琳ちゃんは、どうして僕を見てくれない……？

　僕がベッドに乗ると、ギシッと軋む音がする。

　それに気づかず、今もスヤスヤ寝てる。

「叶琳ちゃん……」

「ん……」

　ちらっと見えるうなじのあたり。

　ここを噛めば……叶琳ちゃんは一生僕のもの。

　だけど……心は永遠に僕のものにならない。

「はぁ……僕も意思が弱いなぁ……」

　叶琳ちゃんが悲しむことはしたくない。

　ただ……自分の中にある欲望が、いつ勝ってもおかしくない状況。

「好きだよ——叶琳ちゃん」

　どんなに伝えてもきっと届かない、振り向いてくれない。

　いつだって、叶琳ちゃんの胸の中にいるのはきっと——。

「やひろ……くん？」

　僕じゃないから。

　僕の名前は呼んでくれない。

　だったら、このまま僕が夜紘のフリをしたらどうなる？

　いま叶琳ちゃんは寝ぼけて、僕を夜紘と勘違いしてるだろうから。

　何も言わず……後ろから小さな身体を抱きしめた。

「やひろくん……？　返事してくれないの？」

　可愛い甘えた声。

　聞いたことない声にクラッときた。

　夜紘の前ではそんな甘えた姿見せるの……？

　好きな子が振り向いてくれないのが……自分以外の誰か
を想ってるのが──こんなに苦しいなんて知らなかった。

「……叶琳」

「う……ん。どうしたの……？」

　このまま夜紘のフリを続けたら……。

　叶琳ちゃんの甘い顔も声も……ぜんぶ僕が独占できる？

　あぁ、僕ってこういうところが卑怯だよね。

　夜紘のフリをして、叶琳ちゃんが甘えてくれたとしても。

　それは僕じゃなくて、夜紘だと思って甘えてくれるだけ。

　僕じゃない、夜紘に──。

　これほど胸が痛くなることってないよね。

　僕もほんとに学習能力ないな……。

「叶琳ちゃん、起きて。僕だよ」

「僕……って？」

「ほら、よく見て。僕は夜紘じゃなくて陽世だよ」

「……？」

　まだ寝ぼけてるのか、理解が追いついてない様子。

「なんで夜紘のベッドで寝てたの？」

「……へ、あ。ひなせ、くん……？」

「やっと気づいた？　よく寝てたね」

「あ、えっと……ご、ごめんない」

「どうして謝るの？　どうせなら、僕のベッドで寝てくれ

たらよかったのに」

「う、あ……っ、これは、その……っ」

「いいよ。夜紘には黙っててあげる」

　ほんと、僕は夜紘にかなわない。

　何度も痛感するなぁ。

「その代わり……ひとつ聞いてもいい？」

「な、なに？」

「叶琳ちゃんはさ、僕と夜紘に何かあったら……どっちを先に助ける？」

　こんなこと聞く僕も往生際が悪い。

　間違いなく叶琳ちゃんを困らせる質問。

　我ながら、こんな試すこと聞くのずるいって思うよ。

　こんなの急に聞かれたって、どっちとか優先順位つけるの難しいだろうし。

　叶琳ちゃんが好きなのは夜紘。

　だけど、優しい叶琳ちゃんはどちらか選べないはず。

　それをわかってて聞く僕って、ほんと性格悪い。

　ただ──心のどこかで夜紘より、僕を優先してくれるかもって、叶わない期待があるのも事実。

「ごめんね。イジワルなこと聞いちゃ──」

「どっちも助けるよ！」

「……え？」

「だって、わたしにとって陽世くんも夜紘くんも、ふたりとも大事だし。どっちを先にとかは選べないかな。ふたりとも一緒に助ける！」

　あぁ……だから僕は叶琳ちゃんを嫌いになれない。

　いっそのこと、僕のことなんか嫌いだって突き放してくれたらいいのに。

　そんなに長い間、一緒にいるわけじゃないのに。

　僕は何度も何度も、叶琳ちゃんの優しさに救われてきた。

　誰も気づかないところに目を向けて、寄り添ってくれる。

　そんな叶琳ちゃんだから好きになったんだよ。

　ほんとは僕に振り向いてほしかったけど。

　好きな子の幸せを願うのが、いま僕にできる最大限のことだから。

　完全に諦めきるには、まだもう少し時間がかかるかもしれないけど。

　叶琳ちゃんが幸せになることを心から願ってるから。

　それに、叶琳ちゃんの初恋はきっと実るよ。

「叶琳ちゃんは、もっと自分の気持ちに素直になってね」

「え、えっ？」

「思い続けたら、いつか叶うときがくるだろうから」

　叶琳ちゃんの笑顔が……僕はいちばん好きだよ。

夜紘くんの気持ちは誰に向いてる？

「かーりんちゃん。また僕の後ろに隠れるの？」

「うっ、や、これは隠れてるわけではなくてですね！」

「やひろー。叶琳ちゃんならここに──」

「うわぁぁぁ!!　なんで呼んじゃうの!?　せっかく隠れたのに……!!」

「ほら、やっぱり。なんで夜紘から逃げるの？」

「いや、なんだか気まずいといいますか」

「何が気まずいの？　夜紘のこと意識してるから？」

「うぇぇ!?　な、なんで!?」

　はっ……今のリアクション完全に墓穴掘ったよね……!?

「ふっ、ほんと叶琳ちゃんってわかりやすいよね。いいなぁ、夜紘がうらやましくて仕方ないよ」

「こ、これは別に、えっと……！」

　うぅ……言い訳が思いつかない……!!

「まあ、僕の中でもいろいろけじめつけたからさ」

「……??」

「気持ち的にもう少し時間かかるかもしれないけどね」

　陽世くん急にどうしたんだろう？

　それに、なんだかちょっと吹っ切れたように見えるのは気のせいかな。

＊　＊　＊

　そんなある日。

　もうすぐ11月になる頃。

「それじゃあ、僕明後日まで帰る予定ないからね」

「え、え!?　なんで急に!?」

　なんと、陽世くんが今日と明日家を空けるらしく。

「あれ、僕言ってなかった？」

「聞いてないよ!!　初耳だよ！」

　いま玄関先でキャリーケース見てびっくりしてるよ！

「そっかぁ。ふたりに伝えるのすっかり忘れてたなぁ」

　今日から約2日間も、夜紘くんとふたりっきりなんて。

　ちょっと気まずくない……!?

　陽世くんがいてくれたら、まだ3人だからマシだと思ってたのに。

「しばらく夜紘に叶琳ちゃんを譲ってあげる」

「……なに企んでるの？」

「僕はね、これでも叶琳ちゃん想いの優しい男だからね」

「……なにそれ。怪しすぎ」

「いいじゃん。叶琳ちゃんと2日間一緒にいられるわけだし？」

「……いいとこで邪魔しようとかいう魂胆？」

「まさか。僕がそんな性格悪い男に見える？」

「見えるから聞いてんだけど」

「うわー、夜紘ってば相変わらずひどいこと言うね。僕って全然信用されてない？」

「陽世は油断も隙もないから」

「ははっ、夜紘も疑り深いね。そんなに信用できないなら、家のカードキーあずけてもいいよ？」

　うそ。ほんとに渡しちゃってる。

　これがなかったら、陽世くんはこの部屋に入れない。

「はい、これで信用するしかないね。それじゃ、帰ってきたら鍵あけてね？」

　こうして陽世くんは、どこかへ出かけていった。

　残ったわたしと夜紘くんは……さてどうしよう。

　と、とりあえず自分の部屋に避難を──。

「きゃ……っ」

　どうやら一歩遅かったようで。

　すぐさま夜紘くんの腕の中へ。

「……ねー、叶琳さ。なんで最近俺のこと避けんの？」

「え、え!?　べ、別に避けてないよ!?」

「あからさまに陽世とばっか一緒にいんじゃん」

「そ、そんなこと……」

「いつも陽世の後ろに隠れてるくせに」

　うっ……やっぱりバレてる。

「……俺じゃなくて陽世がいいの？」

　ずるい、ずるい……ずるい。

「叶琳がちゃんと言うまで離さない」

　夜紘くんの体温を感じるだけで、心臓がドクドク暴れてうるさい。

　きっと、この音……夜紘くんにも伝わってる。

「ねー、ちゃんと話して叶琳」

「っ、耳は……ぅ」

　甘い声が鼓膜を揺さぶって。

　耳たぶに夜紘くんの唇がこすれるだけで、身体が反応しちゃう。

「……ほら、叶琳の身体から甘い匂いする」

「っ……」

「俺までクラクラしてくんね」

　このままじゃ、ぜったいダメ。

　頭の中で警告音がうるさく鳴ってるの。

「……身体熱い？」

「夜紘くんが触れるから……っ」

　なんとか抜け出さないと、これ以上そばにいるのはぜったいダメ。

「んじゃ、少し冷やす？」

「ひ、冷やす？」

　んん？　どういうこと？

「俺も頭冷やしたいからちょうどいーね」

　え、え？

　何がちょうどいいのかわかんないよ？

　頭の上にはてなマークを浮かべたまま。

　連れていかれたのは——。

「ま、まって！　なんでプール!?」

　今まで一度も入ったことなかった、室内にある少し小さめのプール。

　そういえば、はじめてここに来たときプールもあるんだ

なんて感心してたけど！

　なんで今このタイミング!?

「このまま入るのいいよね」

「え、まってまって！　わたしたち水着でもないのに──」

「叶琳がどうしても水着がいいなら用意しよーか？」

「い、いや、それは恥ずかしくて無理だけど！」

　夜紘くんのことだから、とんでもない水着用意しそうだ
し……！

「んじゃ、このままね」

「あわわっ、うそ……え!?」

　わたしたち服着たままなんだけど!?

　そんなのお構いなしで、わたしの腕を引いて。

「うわっ、きゃっ！」

　夜紘くんとプールの中へ。

　一瞬溺れちゃうかもとか思ったけど。

　夜紘くんが、ちゃんとわたしを抱きとめてくれた。

「室内のプールだから冷たくないでしょ？」

「そ、そういう問題じゃなくて！」

「そんな深くないから平気じゃない？」

「だ、だからぁ！　なんでプールに……」

「こうしたら叶琳が逃げられないと思って」

　夜紘くんがわたしを抱っこして。

　目線を少し下に落とすと、いつもの何倍も色っぽい夜紘
くんが映る。

　濡れてる前髪をかきあげて……。

「髪少し濡れてんの色っぽいね」

「夜紘くんも……だよ」

　いつも前髪おろしてるから、雰囲気がガラッと変わってすごくドキドキする……っ。

　近くで触れ合いすぎて、心臓の音が伝わっちゃいそう。

「え、えっと……わたし重くない……？」

「全然。むしろ軽すぎじゃない？」

「水の中だから軽く感じるだけ……だよ」

「……そう？　叶琳は華奢じゃん」

「ぅ……お腹撫でるのダメ……」

　さらっと触れてくるし。

　それに、夜紘くんの顔の位置が……っ！

「こうやって叶琳に触れられるの……俺の特権だね」

　胸のところに顔を埋めて、もっとギュッてしてくるの。

　これじゃ、ぜったいドキドキしてるのバレちゃう……。

「……もっと俺にギュッてして」

「っ……」

「俺の首筋にちゃんと腕回して。もっと身体くっつけて」

　恥ずかしくて、どうしたらいいかわかんなくて。

　言われるがままにしちゃう。

　もっと夜紘くんと密着して……。

　水の中にいるはずなのに、身体だけ熱い変な感覚。

「大胆だね。やっぱ俺に襲われたいんだ？」

「な、なななっ、ちがう……っ」

「こんなふうに俺に抱きついてさ」

「夜紘くんがギュッてしてってって言ったのにっ……」

「煽ったのは叶琳でしょ？」

　ど、どうしよう。

　もうこれ完全に逃げ場ないんじゃ。

「も、もう出ようよぉ……」

「ここで俺が何もしないと思う？」

「っ……やぅ」

　抱きしめながら、腰のあたりを上から下にかけてなぞってくる。

「濡れちゃったからぜんぶ脱ぐ？」

「ぬ、脱がない……っ」

「中のキャミソールも透けてるのに？」

「ぅ……見ないで……」

「もっと触れて……叶琳が俺の熱で溺れてるとこ見たい」

「っ、ダメ……ほんとにダメ……なの」

「何がダメなの？　俺わかんない」

　なんて言いながら、服の中に指を滑り込ませようとしてくるの。

「叶琳の肌……熱くなってる」

「夜紘くんが、触る……からぁ……」

「……俺のせいなんだ？」

　わざと耳元でささやいて。

　火照った肌に吸い付くようなキスを落として。

　じわじわと弱いところばかり攻めてくる。

「うなじ見えると噛みたくなるね」

「ふへっ？」

「このまま叶琳の首噛んだら……叶琳は一生俺のものだね」

　うなじのあたりを指でなぞるだけ。

　たったそれだけなのに。

　夜紘くんの指先には、甘い毒が塗られてるみたい。

「ほら、もう甘いの欲しくてたまんないでしょ？」

「ぅ、……っ」

　夜紘くんを好きって自覚してから、少し触れられただけ
で簡単に発情しちゃう。

　熱がどんどんたまって、理性的じゃいられなくなる。

「叶琳はさ、ここ弱いよね」

「ひぁ……ぅ」

「内もものとこ……指でなぞるといい声出るね」

　イジワルな指先が、軽く触れて強く押したりなぞったり。

　絶妙な力加減に身体がもたない……っ。

　わずかに抵抗しても、水がパシャッと跳ねるだけ。

「……叶琳の弱いとこ、俺ぜんぶ知ってるからね」

「やっ……あぅ……」

　焦らすような甘い刺激が身体に響いて、ぜんぶ溶けちゃ
いそう。

「叶琳が欲しがってる姿、めちゃくちゃ興奮する」

「……ぅ」

「俺のこと欲しくてたまんないって──甘い顔してんの」

　熱くて、熱すぎて……。

　ボーッとして、息も荒くなるばかり。

「……乱れてる叶琳も最高に可愛い」

「んんっ……」

「もっと……俺でいっぱいにしてあげる」

　唇にふわっとキスが落ちた。

　やわらかい唇が触れた瞬間、頭から指先……全身にピリピリ甘い刺激が流れ込む。

　熱がたまりすぎて、もどかしい……っ。

　どこにも逃げていかない。

「はぁ……っ、焦らしすぎた？」

　唇が吸い付いて、角度を変えて深く求められて。

　身体の内側がジンジンする。

「……もっと熱くなってない？」

「んぅ……はぁ」

「……俺にされるがままになってんの可愛い」

　閉ざしてた口元は簡単にゆるんで……熱い舌が口の中に入ってくる。

　苦しいのに……それよりも溶けちゃいそうな甘いキスに痺れてクラクラ。

「俺も……もう抑えらんない」

「……んっ」

　さらに深く、甘くかき乱して……。

「叶琳の甘い熱……俺にもっとちょうだい」

　どっぷり甘さにはまって溺れて、抜け出せなくなるの。

＊　＊　＊

　夜寝るときになっても、夜紘くんは甘い攻撃をやめてくれない。

「うぅ、夜紘くんと一緒に寝るのむり……」

「は、なんで」

「陽世くんいないから、陽世くんのベッドで寝る……っ」

「いや、なんでそうなんの。ってか、そんなの俺が許すと思う？」

　ひぃ……なんか機嫌悪そう。

　でもでも、さっきまで暴走してたじゃん。

　あれだけ甘いことしたら、もうさすがに……。

「叶琳のこと抱きしめると変な気起こる」

「っ……!?」

「めちゃくちゃにキスしたい、抱きつぶしたい」

「つ、つぶされたら困る……よ」

「さっきまであんな俺のこと求めてたくせに」

「あ、あれは夜紘くんが……っ」

「俺がなに？」

「や……っ、うぅ……」

「それよりもさ……感じちゃう叶琳の身体がいけないんじゃない？」

「そんなイジワル言わないでよぉ……」

　夜紘くんの胸をポカポカ叩いても効果なし。

　さらにギュッてされちゃうだけ。

「……かわいー」

「ぅ……。もう可愛い禁止……っ」

「……なんで？　叶琳が可愛いからじゃん」

　わたしの心臓いっこじゃ足りない。

　夜紘くんのそばにいると、ドキドキしすぎて心臓が全然休まらない。

　でも……こうして夜紘くんの体温に包まれるのは、どこか心地良くもあって。

　ぜんぶをあずけたくなるほど。

「叶琳って身体小さいよね」

「そ、そうかな。夜紘くんが大きいんだよ」

　わたしのぜんぶ覆っちゃうくらいだもん。

「なんかさ……叶琳のぜんぶ抱きしめるの好き」

　隙間ないくらい、さらにギュウッとして。

　もうこれ以上くっつけないんじゃ。

「わ、わたしも、夜紘くんに抱きしめてもらうの嫌いじゃない……よ。安心するの」

　胸のドキドキを抑えて隠して。

　夜紘くんは何も知らない……わたしの心臓がいま大変なことになってるなんて。

「もしこれが陽世だったら、同じように安心すんの？」

　それはどういう意図で聞いてるの……？

　わたしの気持ちを試してるの……？

　ここでまた、夜紘くんの好きな子の存在が嫌でも浮かんじゃう。

　たぶん、今ぜったい聞くタイミングじゃない。

　でも、もう聞かずにはいられなくて。

　気づいたら。

「夜紘くんは……好きな子、いる……の？」

　──口にしてた。

　今までずっと直接聞けなかった。

　返ってくる答えにおびえてたから。

　でも今は……衝動的に聞いてしまった……が正しいかも
しれない。

　どんな答えが返ってきても、表情を崩さずに受け止めな
きゃいけない。

　ちゃんと心の準備ができてない状態で、聞いてしまった
のが失敗。

「好きな子……ね」

　聞きたくなかった答えが。

「いるよ──ずっと想い続けてる子が」

　返ってくるとわかっていたのに。

　今まであった身体の熱が、サーッと引いていく感覚。

　同時に頭がグラッとして、ぜんぶ真っ白。

　わたしが今どんなに夜紘くんのそばにいたって、独占し
たって。

　夜紘くんが想ってる子には、ぜったいかなわないんだ。

　うらやましいと思う気持ちが、胸の中を支配してる。

　わたしがどれだけ想っても、夜紘くんの心までは手に入
らない。

　また複雑な気持ちに駆られて、感情が大忙し。

　好きな子いるなら、わたしのこと惑わさないで……。

　ほんとにほんとに、夜紘くんはどこまでもずるい人。

　わたしが黙り込んで、会話が途切れたまま。

　けど、夜紘くんがわたしを抱きしめるのは変わらない。

　好きな子がいるって、あらためて夜紘くんの口から聞いて、とっても苦しい。

　今こうやって抱きしめてもらうのも、普段なら心地良いはずなのに。

　今は夜紘くんが何を考えてるかわからなくて、モヤモヤして苦しさが膨れていくだけ。

　ギュッと目をつぶって、早く意識を飛ばしたい。

　いっそ夜紘くんが、もっとわたしを突き放してくれたらいいのに……。

　次第に意識が遠くなって、眠りに落ちた直後——。

「早く俺を選んでよ……叶琳」

　夜紘くんが、そんなことをつぶやいてたのも知らずに。

陽世くんの優しさ。

「はぁ……」

「あっ、叶琳ちゃん今日これでため息5回目だ〜!」

「え、わたしそんなにため息ついてる?」

「うん。もうため息のオンパレードだよ〜!」

　夏波ちゃんに指摘されるまで自覚なかったよ。

　でもでも、ため息もつきたくなるよ……。

「もしかして、陽世くんと夜紘くんのことだ〜?」

「うぬ……」

「もうじれったいなぁ〜!　早くどっちかと結ばれちゃえ
ばいいのにっ」

「そんな簡単に言われても難しいよぉ……」

　夏波ちゃんには定期的に、いろいろ相談してるんだけど。

　夏波ちゃんは最近、わたしがどちらを選ぶのか待ちきれ
ないみたいで。

「でも、叶琳ちゃんの気持ちは夜紘くんに向いてるわけで
しょ?　だったらもう告白しちゃえばいいのに〜!」

「振られる未来しか見えないよ……」

「えー、それはありえないよ!」

　なんかわたし何回も同じところループして、ひたすら落
ち込んでるだけな気がする。

「うぅ、夏波ちゃんいつもごめんね。たくさん話聞いても
らってるのに、全然進展してなくて」

「ううんっ、気にしないで!! 悩んじゃうのは仕方ないし、少しでもわたしに話して気が楽になればいいなって!」

「か、夏波ちゃん優しい……」

「当たり前だよ〜! 可愛い叶琳ちゃん放っておけないもん! もういっそのこと、わたしの彼女になってくれたらいいのに〜!」

　いつも夏波ちゃんの明るさに救われてるなぁ……。

＊　＊　＊

「ねぇ、叶琳ちゃん」

「な、なんでしょう陽世くん」

「あっ、あそこに夜紘が──」

「え、え!?」

　反射的にパッと身を隠しちゃった。

「ふっ、嘘だよ。その様子だと、夜紘と何かあったんでしょ?」

「な、ななんで?」

「ふたりを見たらわかるよ。とくに叶琳ちゃんが前よりあからさまに夜紘を避けてるからね」

　そりゃ避けたくもなるよ……。

　あらためて本人の口から好きな子がいるって聞いて、大打撃を受けないわけなくて。

　ますます頭の中はパニックで混乱状態。

　夜紘くんには好きな子がいる。

　でも、わたしに触れたりキスしたりしてくる。

　これはもしかして……夜紘くんがただの女たらしなので
は……？

　いやいや、夜紘くんに限ってそんなこと……。

　なんかもうぐちゃぐちゃしすぎて、迷走してきた……。

「僕がいない間に夜紘と何かあった？」

「何もなくはない……けど」

「もしかして、夜紘に好きな子がいるの気になってると
か？」

「え、あ……っ、それは……ぅ」

「図星なんだ？　誰なのか直接聞かなかったの？」

「聞けない……よ」

「聞いちゃえばよかったのに」

「えぇ……」

　陽世くんの返答が軽くてびっくり。

　陽世くんは、夜紘くんの好きな子知ってるのかな。

　それに、すっかり忘れかけちゃってたけど。

「あの、陽世くんにずっと聞きたいことあって」

「うん、なに？」

「前に聞きそびれちゃったんだけど。陽世くんは、あのと
きの……わたしの初恋の子なの？」

　ずっとそれが頭の中にちらついてて。

　聞くタイミングを逃してたから、聞くなら今かなって。

　前に話したとき、特徴がぜんぶ陽世くんに当てはまって
たから。

　それに、わたしと男の子が会ってた公園のことも知って
るみたいだし。

　いろいろとつじつまが合うわけで。

「さあ、どうだろう？」

「ここで答え濁すのはずるいよぉ……」

　わたしのキャパもういっぱいいっぱいなのに。

「じゃあさ、もっとちゃんと思い出してごらんよ」

「思い出してみた結果が、陽世くんとつながってるわけな
のですが……」

「へぇ。じゃあ、その相手は僕かな？」

「い、今の言い方的に、何かしっくりこないような気がし
てですね」

「僕は僕で、いろいろけじめつけたばっかりなのにさ」

「け、けじめ……？」

「叶琳ちゃんが心から僕を好きだって言ってくれるなら、
全力で幸せにするつもりだったけど」

「……？」

「ただ、叶琳ちゃんの気持ちが他の誰かに向いてるなら──。
無理やり僕のほうに振り向かせるようなことはしない」

　一瞬、真剣な顔を見せて……そのあと、いつもみたいに
ふわっと優しく笑いかけてくれた。

「叶琳ちゃんが過去に僕を好きだったとしてもさ……それ
はもう過去でしょ？　いま叶琳ちゃん自身が、誰を想って
るのかが大切じゃない？」

「っ……」

　結局、曖昧なまま——。

　また数日が過ぎて。

　わたしは夜紘くんとの微妙な距離が埋められず。

　ただ、想いがつのっていくばかりで。

　夜紘くんのことを考えただけで、身体が熱くなるのはほんとに簡単。

　前よりもっと、夜紘くんへの気持ちが大きくなるたびに、自分の中で抑えがきかなくて。

　まるで気持ちと本能が連動してるみたい……。

　今だって夜紘くんはそばにいないのに。

　身体がグラッと揺れて、陽世くんのほうに倒れた。

「ご、ごめんね……」

「身体だいぶ熱いけど大丈夫？」

「だい、じょうぶ……」

　夜紘くんと接触してないのに、こんな状態になっちゃうのほんとにやだ……。

「最近発情の頻度多くなったよね？」

「っ……」

「でもきっと僕じゃないね。すぐに夜紘呼ぶから」

「いい……っ。呼ばないで……っ」

　夜紘くんの気持ちがわからないままキスされるのは苦しい……っ。

　こんなこと思うの今さらかもしれないけど。

「でも、夜紘のキスじゃないと治まらないでしょ？」

「抑制剤飲む……から」

「それはダメだよ。叶琳ちゃんの身体に負担が──」

「身体よりも……胸が痛いほうがつらいの……っ」

　抑制剤の副作用が、どんなものかわからないけど。

　いま感じてる胸の痛みのほうが強いから。

「夜紘くんには、このこと言わないで……」

「…………」

「陽世くん、おねがい……」

「……わかったよ。夜紘には言わない。その代わり、無理はしないって約束して」

　複雑そうな顔をして、陽世くんは渋々折れてくれた。

　抑制剤を飲んだおかげで、身体から熱がスッと引いていった。

　即効性があるのか、少ししたら落ち着いて普通の状態に戻った。

　ただ、またこんなことがあったら。

　今までずっと抑制剤は使ってこなかったけど。

　これからこういうことが頻繁に起きたら。

　抑制剤が入ったケースをギュッと握る。

　今回だけ……。

　もう使わないようにしなきゃ。

　でも不安で……その日から抑制剤が手離せなくなった。

　少しでも身体に異変を感じたら、こっそり飲むようになってしまって。

　何度か服用したせいで、身体に負荷がかかったのか少し体調を崩してしまった。

　夜紘くんには風邪気味と伝えて、なんとかごまかして。

　だけど、陽世くんはこのことを知ってるから。

「もしかして、あれから何度か飲んだの？」

「っ……」

「それでこんなに体調崩してるんだよね？」

　言葉が出なくて、キュッと唇を噛むことしかできない。

「もうさすがに見てられないよ。いい加減、夜紘に——」

「い、言わない……。言っちゃダメ……っ」

「どうしてそんな頑なに嫌がるの」

「だって、夜紘くんには……」

「もう叶琳ちゃんのそんな顔見たくない」

「っ……」

「せっかく僕の中で諦めがついたのに」

　陽世くんが、とても切なく表情を歪めたまま。

「叶琳ちゃんが苦しむだけなら——僕が叶琳ちゃんの首を噛むよ」

　首を噛む……ということは、陽世くんが強制的にわたしの番になるということ。

「そうしたら、叶琳ちゃんはもう一生夜紘に発情することはなくなる。僕と本能的に結ばれることになるわけだから」

　もしそうなれば。

　誰もつらい思いをしなくてすむ……？

　でも、やっぱり違う……。

「ま、まって……。それはダメ」

「どうして。僕は叶琳ちゃんが傷つく姿を見たくないから

言ってるんだよ」

　わかる……っ、わかるの。

　負荷を減らすためにって、陽世くんがわたしを想って言ってくれてることも。

　でも……。

「夜紘くんのこと好きな気持ちのまま……陽世くんのものにはなれない……っ」

　わたし自分勝手すぎる……っ。

　こんな態度に陽世くんが呆れて、愛想を尽かしてくれたらいいのに。

「……やっと言えたね」

「え……？」

「じゃあ、それを夜紘に伝えておいで」

　どこまでも陽世くんは優しい。

　わたしを責めたりしない。

「きっと、夜紘は応えてくれる。今は叶琳ちゃんが夜紘の気持ちを受け止める覚悟が必要だよ」

「っ……」

「もう一度、過去のことよく思い出してみて。あの男の子は本当に僕だったのかを」

　この言葉に、どんな意図が隠されてるの――？

きっとわたしが好きなのは。

「はぁ……わたしなにやってるんだろう……っ」

　マンションの部屋から飛び出してきちゃった……。

　しかも、よりにもよって今日は雷雨……。

　傘も持たずに出てきたから、ちょっと濡れちゃったし。

　とくに行き場もなくて、気づいたら向かってた場所。

「懐かしい……。最近来ることなかったなぁ……」

　わたしが初恋の男の子と出会った公園。

　昔の記憶に吸い寄せられるように、ここに来てしまった。

　わたしよくこの遊具の中でひとり泣いてたんだ。

　今は高校生になったから、中に入ると狭く感じる。

　ここにいると雨音とかあんまり気にならなくて。

　喋ると声がちょっとだけ反響（はんきょう）する。

「ここにいてもひとりぼっちなのに……」

　寂しくなると、すぐこうやってひとりの殻（から）に閉じこもっちゃう。

　わたし成長してないな……。

　それに、全然自分の気持ちに素直になれない。

　自分がいま誰を想ってるのか……これが大事で。

　昔好きだった男の子と……いま好きな男の子。

　どちらもわたしにとっては、好きって気持ちが芽生（めば）えた大切な相手。

　なんでだろう。

　いま無性に……あの子に会いたい。

　またここで……『ひとりで泣いてるの?』って……あの頃と同じ時間が戻ってきたらいいのに。

　もう二度と会えないかもしれないけど。

　できることなら、もう一度だけ……。

「……またここで泣いてる」

　そうそう、こんな感じで話しかけてくれて──え?

　今の声は誰?　というか幻聴?

　それとも懐かしい夢でも見てるとか?

　だって、わたしがここにいるのは誰も知らないはず。

　それに……"またここで泣いてる"って。

　わたしが小さいときに、ここに来ていたのを知ってるのは、あの子だけ──。

　パッと顔をあげると。

「なんで……夜紘くんが……?」

　あの頃とまったく同じ……遊具の中を覗き込んで、心配そうに声をかけてくれてる。

「陽世から叶琳が出ていったって聞いたから」

「それで、なんでここに……っ?」

「叶琳はひとりで寂しいとき……よくここに来てたじゃん」

　まって……。

　昔の記憶と今がぐちゃぐちゃ混ざって、ついていけない。

　もしかして……幼い頃に出会ってたのは……。

「ここで俺と会ってたこと……覚えてない?」

　うそ……っ。

　夜紘くんが、ほんとにあの子なの……？

　ますます混乱しすぎて、理解が追いつかないよ。

「お、覚えてる……っ。あのとき、わたしのそばにいてく
れたのは夜紘くんだったの……？」

「そうだって言ったら信じてくれる？」

「し、信じるけど。信じられない……」

「……何それ。どっち？」

「だ、だって、ここで出会った男の子は、わたしにとって
初恋なんだよ……？　それが夜紘くんだって言われて、頭
の中が大パニックで」

「うん」

「そ、それに……今わたしが好きなのも……」

「好きなのも？」

　うぅ……もうこれ言うしかない……のかな。

　心臓が爆発寸前。

　たった2文字……言葉にするのって……。

「夜紘くんが好き……っ」

　すごく……ものすごく恥ずかしい。

　このまま土に埋まっちゃいたいくらい。

　昔好きだった男の子と、今わたしが好きになった男の子
が夜紘くんなんて。

　昔のことをぜんぶ抜きにしても、わたしは今の夜紘くん
に自然と惹かれて好きになってたから。

「やっと叶琳の気持ち聞けた」

「……っ？」

「俺もずっと……ずっと前から叶琳のことが好きだよ」

「え……えっ？」

　夜紘くんが、わたしを好き……？

　これこそ幻聴とかじゃなくて……？

「俺にとって叶琳は初恋だよ。ずっと叶琳のことだけ想い続けてた。この気持ちがぶれたことは一度もないよ」

「う、うそ……、ほんと……？」

　夜紘くんも、わたしと同じ気持ちでいてくれたの……？

　頭の中がパニックを通り越して、パンクしちゃいそう。

「ほんとだよ。気持ち伝えるのだいぶ遅くなったけど」

「だ、だって夜紘くんずっと好きな子がいるって……」

「それが叶琳だよ。俺、叶琳しか好きになったことないし」

　うそうそ……。そんなの聞いてないよ。

「信じられないって顔してんね」

「だ、だってだって……っ、うぅ……」

「ほんとはさ、もっと早くこの気持ち伝えたかったけど。いろいろ遠回りしすぎたかもしれない」

　夜紘くんには、ずっと好きな子がいて。

　それがまさか自分だとは思ってなくて。

「わ、わたし初恋の男の子は陽世くんだと思ってて……」

「……なんで？　陽世になんか言われたの？」

「陽世くんが、この公園を知ってたから。それに……」

「それに？」

「その、唯一覚えてた特徴が、首筋のところにほくろがあったことで。陽世くんにそれがあったし、髪色も明るかった

のが陽世くんと同じで。どことなく陽世くんに面影がある
ようにも感じちゃって」

「……俺、陽世と間違われちゃってたの？」

「だ、だって、夜紘くんには首筋のところにほくろないし、
髪色も今と全然違うし」

「俺もここにほくろあるけど」

「へ……？」

　夜紘くんがいま着てる服の襟を、軽く引っ張って見せて
きた。

「陽世と反対の位置にふたつある」

　え、え……っ？

　まって、そんなことある？

　左の首筋のところに……ほくろがふたつ並んでる。

「あと俺小さい頃は髪明るかったし」

　生まれつき、陽世くんも夜紘くんも髪が明るかったみた
いで。

　小さい頃は、あまり見分けがつかないくらい、ふたりは
似てたから。

　中学校に入って、夜紘くんは髪を暗めに染めたそう。

「ほ、ほんとにあのときの男の子が夜紘くんなの……？」

「……まだ信じられない？　叶琳が寂しがり屋で、よくこ
こに来てたのを知ってるのは俺だけでしょ？」

　初恋の男の子は陽世くんかもしれないって、いろいろ考
えこんじゃったけど。

　今も昔も……わたしはずっと前から、夜紘くんに惹かれ

てたんだ。

「じゃあ、どうして今まで言ってくれなかったの……っ？」

　もっと早く聞けてたら。

　こんなに遠回りしなかったかもしれないのに。

「もし……叶琳にとって運命の番が陽世だったらって……考えたら言えなかった」

　夜紘くんは、少し昔を思い出すように遠い目をして……ボソッとつぶやいた。

「俺が好きだって伝えて、叶琳も同じ気持ちでいてくれたとしても——陽世と本能的に結ばれたら、叶琳はぜったい俺とは結ばれない。そう考えたら伝えられなかった」

　たしかに、もしわたしが陽世くんと運命の番だったら。

　たとえわたしの気持ちが夜紘くんにあったとしても……本能が選んだ相手が陽世くんなら——。

「あの日、叶琳の顔を見た瞬間、あのときの子だってすぐにわかったよ」

「…………」

「こんな奇跡みたいなことあるんだって。でも……叶琳が陽世のものになる可能性もあるんだって考えたら、運命の番なんて関係はいいものじゃないって思った」

　幼い頃は、まだわたしが番かもしれないことは知らなかったみたい。

「叶琳と再会したとき、こんな運命ごめんだって本気で思った。番とかそういう関係性を抜きにして、叶琳と再会できたら素直に気持ち伝えられたのに」

　何も知らなかったわたしたちが、幼い頃に出会っていたのは、ほんとに偶然。

　まさか数年後に運命の番かもしれない……ってかたちで再会することになるなんて。

「叶琳と結ばれるのが100％俺ならいいけど。陽世か俺、どちらが叶琳にとっての番かわからない状態だし。それなら、こんな運命なかったらいいのにって思った」

「でも、夜紘くん急にここに来なくなったから。もうわたしのことなんて忘れたのかなって……」

「……それはほんとにごめん。ちゃんと叶琳に会って話したかったのにできなくて」

　夜紘くんが急にここに来なくなった理由。

　それは高校に入るまでずっと、海外で語学の勉強をするため。

　これはお父さんとの昔からの約束で、留学(りゅうがく)が始まるまでは自由が認められてたみたい。

　ただし、留学期間に入ったら、きっちり勉強をするのがお父さんからの条件(じょうけん)だった。

「海外に飛ぶ前日、叶琳に会いたくてここに来たけど会えなかった。最後に会えるチャンスを逃して、そのまま留学したことめちゃくちゃ後悔した」

　それから夜紘くんは、中学3年生のときに日本に戻ってきて。

　帰国したその日……わたしに会いに、ここに来てくれたらしい。

　でも、そのときもまたタイミングが合わなくて、再会はできなかった。

「今まで散々遠回りして気持ち伝えることから逃げてたけど……。ずっと叶琳に気持ち伝えないのも違うと思ったから。誰と結ばれるとか、そんなのぜんぶ抜きにして──俺が叶琳を幸せにしたいと思ったんだ」

「っ……」

「伝えるのが遅くなってほんとにごめん」

　幼い頃の叶わないと思っていた初恋は、今も消えずにちゃんと残ってた。

　きっと……運命が導いてくれたんだ。

「わ、わたし今も夜紘くんを好きでいていいの……っ？」

「好きでいてくれなきゃ困る。俺は昔よりもっと……もっと叶琳のこと好きで仕方ないのに」

　はじめて聞いた……夜紘くんの想い。

　幼い頃からずっと……夜紘くんはわたしを想ってくれてたんだ。

「……よかった。叶琳にちゃんと想い伝えられて」

　優しくギュッと抱きしめてくれた。

「こ、これ夢じゃない……よね？」

「夢じゃないよ。……ほら、ちゃんと現実」

　唇にふわっとやわらかい感触。

　キスが久しぶりすぎて。

　ちょっと触れただけなのに、唇から全身が一気に熱くなっちゃいそう。

「……顔真っ赤。もう何回もキスしてんのに」

「な、何回しても慣れないの……っ」

　相変わらず夜紘くんは余裕そう。

　いつもわたしがいっぱいいっぱいになっちゃう。

「これくらい慣れてもらわないと困るけどね」

「え……っ？」

「叶琳はもう俺の彼女なんだからさ。俺をちゃんと満足させてくれないと」

「か、かのじょ……」

　うぅ、なんだか響きが慣れなくて恥ずかしい……っ。

「叶琳のぜんぶ溶かすくらいに愛したい」

「なぅ……」

　もう今でも甘くて溶かされちゃいそうなのに。

　もっと甘く誘い込んでくるの。

「……今日の夜、叶琳とふたりっきりがいい」

「どこかに泊まるの……？」

「陽世にも……誰にも邪魔されたくない」

「っ……」

「俺だけが叶琳を独占したい」

　グイグイ押されるがまま、ひと晩だけ……夜紘くんとふたりでホテルに泊まることに。

　ホテルのロビーで待ってると。

「……部屋取れたからいこ」

「え、あっ、わたしと夜紘くん同室なの？」

　部屋のカードキーひとつしかなさそうだし。

「この状況で別々の部屋とかおかしいでしょ」

「そ、そうだよね……！」

　でもでも、わたしの心臓お祭りみたいにすごく騒がしくて……！

「俺は叶琳とふたりになりたいのに。……叶琳は違うの？」

「っ……、ち、違わない……けどっ」

「けど……？」

「ふ、ふたりっきりなの、ドキドキして心臓壊れちゃう、かも……っ」

　ちょっと控えめに夜紘くんを見つめると。

「はぁぁぁ……無理、可愛すぎる。今すぐ襲いたい」

「お、おそ……!?」

「めちゃくちゃにキスして抱きつぶしたい」

「だ、だき……!?」

　こ、これわたしのぜんぶもたないんじゃ……。

「叶琳のこと欲しくてたまんない」

「ぅ……ま、まだ部屋入ってない……のに」

　今にもガブッと襲いかかってきそう。

「……覚悟して。俺にひと晩中愛されるの」

「ひぇ……っ、そ、そんなに……？」

「むしろひと晩じゃ足りない」

　どうやら今日の夜は、落ち着きそうにないかも……。

　夜紘くんに手を引かれて部屋の中へ。

　扉が閉まったと同時に、鍵が自動でかかった音がして。

　部屋の中をぐるりと見渡せたのは一瞬。

「……叶琳」

「んっ……」

　すぐに甘いキスが落ちてきた。

　唇が触れたまま。

　身体がふわっと抱きあげられて、ベッドの上にそっとおろされた。

「……たまんない。可愛すぎる」

　ボソッとつぶやいて、キスがピタッと止まった。

　ただ見つめ合ってるだけで触れない。

　さっきまでキスしてたのに。

「や、やひろ……くん？」

「……ん？」

　キスの続きしないの？……なんて聞けるわけなくて。

　でも、あきらかにこれはキスを迫られてる距離で。

「かわいー叶琳を見たいなって」

「か、かわ……？」

「俺に迫られて顔真っ赤にして……ほんとかわいーね」

　唇に吐息がかかってくすぐったい……っ。

　ちょっと身体をピクッと震わせると。

「……これくらいで感じてんの？」

「ぅ……やっ、ちが……」

　かすかに唇がこすれるの、もどかしい……っ。

　甘い吐息に誘われて、ちょっとずつクラクラしてくるの。

「さっきから身体ビクついてんのに」

「うぁ……っ」

「そういうエロい声で煽んのダメでしょ。めちゃくちゃにされたいの?」

　耳たぶに軽く触れられただけなのに、腰がピクッと跳ねちゃう。

「もうこんなの抑えきかない……叶琳のぜんぶ俺でいっぱいにしたくなる」

　夜紘くんの声も、触れてくる体温も……甘くて熱い。

「ほんとは欲しがる叶琳が見たかったけど」

「……んっ」

「……また今度でいいや。今は甘いのたくさんしよ」

　すくいあげるように唇を塞がれて、触れただけでクラッとめまいがした。

　身体がゆっくりベッドに倒されて、両手も押さえられて。

　甘くてとろけそうなキスに、一瞬で意識が飛んじゃいそうになる。

「……叶琳。キスきもちいいの?」

「んんっ」

「まだへばんないで。全然足りない」

　口が少し強引にこじあけられて、熱が入り込んでかき乱してくる。

　飛びそうだった意識が戻って、身体にピリピリ甘い刺激。

「はぁ……っ、あつ」

「ぅ……」

「叶琳の肌もだいぶ火照ってんね」

　もう今はどこ触られても過剰に反応しちゃう。

　発情して、キスで抑えてもらって……また求め合って。
　それの繰り返し。
「どこ触ってもかわいー声しか出ないね」
「んっ、やぁ……」
「我慢しないで……たくさん甘いの聞かせて」
　甘いのがずっとずっと続いて。
　気づいたらふわっと意識が飛んでた。

＊　＊　＊

「あの、夜紘くん……！　そろそろ離してもらわないと、
わたしシャワー浴びれなくて……！」
「そんなに俺とお風呂入りたいの？」
「いや、そうじゃなくて！　さっきから夜紘くんが離して
くれないので、わたし身動きが取れなくてですね！」
　キスの嵐がようやく止まっても、夜紘くんはベッドで
ずっとわたしを離してくれない。
「叶琳がどうしてもシャワー浴びたいなら、俺と一緒じゃ
なきゃダメだよ」
「な、なんで!?」
「そういうルールだから」
「そんなルール知らないよ！」
「俺がいま作った。叶琳にだけ適用されるルールね」
　そ、そんなぁ。
　誰か夜紘くんの暴走を止めて……！

「い、一緒は無理だからぁ……」

「俺も叶琳が離れるの無理だから」

　シャワー浴びるだけなのに。

「す、すぐ出てくるから……！」

「すぐってどれくらい？　俺は１秒たりとも叶琳と離れたくないのに」

　うぅ、どうしよう……！

　まったく引いてくれない……！

「シャワー浴びたら、夜紘くんの好きにしていい……から」

「へー、俺の好きにしていいんだ？」

「た、ただし限度っていうものは守ってもらって──」

「楽しみ。めちゃくちゃ楽しみ。はぁ……叶琳のかわいー姿……想像するだけで興奮する」

「え、え？」

　何かよからぬこと考えてない……！?

「早くシャワー浴びてきて。こうしてる時間も惜しいから」

　──で、なんとかわたしはバスルームへ。

　しばらくして部屋に戻ると、今度は夜紘くんがシャワーを浴びて。

　あっという間に時刻は夜の10時過ぎ。

「こ、これって着方合ってるのかな」

　急きょ泊まることになったから、備え付けのバスローブを着たんだけど。

　夜紘くんはサイズぴったりで違和感なし。

　わたしはぶかぶかで、着方これでいいのかなって。

「バスローブの着方に間違いとかある？」

「なんかゴワゴワしてる感じがして」

　ベッドに横になってる夜紘くんに聞いても、あんまり反応してもらえない。

「ねー、叶琳。それ誘ってんの？」

「へ……っ？」

「ここ……少しはだけて中見えそうだけど」

「っ……!?」

　あわわっ……。

　バスローブのサイズがあってないせいか、胸元がちょっとゆるくて開いてる……っ。

「そんなに俺とまだ甘いことしたいの？」

「い、いや……、もうさっきまでたくさん……」

「煽った叶琳の責任ね」

「も、もう寝るんじゃ……」

「言ったでしょ。ひと晩ずっと愛してあげるって」

「や、夜紘くんっ、いったん落ち着いて──」

「それに……俺の好きにしていいんでしょ？」

「ん……っ」

「叶琳のぜんぶ……甘く愛させて」

　この日の夜は、夜紘くんが満足するまで……わたしの意識が飛んじゃう寸前まで甘く求められた。

第6章

夜紘くんが彼氏。

「わー、ふたりとも朝帰りとかいい度胸してるね」

「……昨日帰らないって連絡入れたけど」

「それに、手なんかつないじゃってさ？　叶琳ちゃんなんて顔真っ赤じゃん」

「うぅ……陽世くんそれ言わないで……」

　ホテルに泊まった翌日。

　マンションに帰ってくると、玄関でにこにこ笑顔の陽世くんがお出迎え。

「その様子だと、ふたりともうまくいったんだ？　叶琳ちゃんよかったね、初恋の相手が僕じゃなくて夜紘で」

「ひ、陽世くんわかってたの？」

「もちろん。夜紘が昔よく抜け出して行ってた場所だからね。叶琳ちゃんから話を聞いてすぐにピンときたよ」

「うっ……でも、あのとき陽世くん答え濁してたのに」

「僕から言われて気づくより、叶琳ちゃん自身で気づくほうがいいでしょ？」

「そ、それはそうだけど……！」

「僕としては叶琳ちゃんがあのまま勘違いして、僕を好きになってくれてもよかったけどね？」

　冗談っぽく、そんなこと言うけれど。

　陽世くんは最後わたしの背中を押してくれた。

　陽世くんの言葉で気づくんじゃなくて。

　わたし自身が、ちゃんとあのときの男の子が夜紘くんだって気づけるように。

「よかったね。夜紘とちゃんと向き合えて」

「ご、ごめんね……陽世くん」

「どうして謝るの？　叶琳ちゃんは自分の気持ちに素直になっただけで、何も悪いことしてないでしょ？」

「でも……」

「もし僕に悪いと思うなら、夜紘にたくさん幸せにしてもらってね。叶琳ちゃんが泣くようなことあったら、次はもう遠慮しないよ？」

「……俺が何年叶琳を想い続けたと思ってんの？　俺の叶琳への気持ち舐めないほうがいいよ」

「わー、すごい自信。まあ、夜紘はもう少し広い心を持つことを覚えたほうがいいよね」

「……は？　なにそれ」

「嫉妬ばかりして愛が重すぎると、そのうち叶琳ちゃんに飽きられちゃうかもよ？」

「余計なお世話だし」

　ふたりがバチバチなのは変わらず……。

　それに、彼氏になった夜紘くんはどこでも甘さ全開で。

「ねぇ、夜紘さ僕の前ではもっと自重しなよ。叶琳ちゃんにベタベタしちゃって」

　時間が過ぎるのはあっという間で、さっき晩ごはんを食べて、今お風呂から出てきたばかりなんだけど。

「叶琳ちゃん困ってるよ？　暑苦しいよね？」

「うっ……夜紘くん、ちょっと離れてもらわないと、髪が乾かせなくてですね」

「ほら、困ってるじゃん。僕が髪乾かしてあげるからこっちおいで？」

「……なんで陽世が叶琳に触れようとすんの」

「そうやって叶琳ちゃんを僕から遠ざけようとするんだ？」

「陽世はいちばん警戒しないと危ない」

「ははっ、ふたりが付き合ってるの知ってるからね？　それで手出すほど、僕は最低な男じゃないよ」

「…………」

「まあ、まだ叶琳ちゃんが僕と接触したら、僕に発情しちゃうことだってあるわけだし？」

　あぁ、またそうやって煽っちゃうから……！

「……今すぐ俺たちの前から消えてほしい」

「わー、相変わらず口悪いね。せいぜい僕に叶琳ちゃんを取られないようにすることだね。叶琳ちゃんはいろいろと隙が多いから」

　ふたりとも口が達者だから、仲裁しないと永遠に言い合いが続いちゃう。

「……叶琳。陽世にはぜったい隙見せないで」

「う、うん。気をつけるようにする」

「とか言って、隙を見せちゃうのが叶琳ちゃんだもんね？」

「うぅ、陽世くんイジワル言わないでよぉ……！」

　陽世くんの胸を軽くポカポカ叩くと。

　その手を簡単につかまれちゃった。

「ほら、そういうところだよ？　僕にこんな簡単に近づいちゃってさ」

　クスッと笑って、そのままわたしの手の甲に軽くキスしてきた。

「……陽世は死にたいの？」

「夜紘ってば顔怖いよ。目だけで人殺しちゃいそうだね」

　すぐに夜紘くんがわたしの手を取って、陽世くんにキスされたところをゴシゴシしてる。

「今すぐここから陽世を追い出さないと俺の気がすまない」

「それは無茶だよね」

「んじゃ、今すぐ叶琳を俺の部屋に閉じ込めて一歩も出さない」

「それは監禁になるから軽く犯罪だね」

　もうふたりともさっきからなんの会話してるの……！

　これじゃ、ちっともらちが明かない。

＊　＊　＊

　また別の日。

　陽世くんをバチバチに警戒してるせいで、ますます夜紘くんがわたしにべったりに。

「夜紘は叶琳ちゃんのボディーガードでもしてるの？」

「油断すると陽世に狙われるから」

「とか言って、叶琳ちゃんにべったりする魂胆だ？」

「そこは否定しない」

「夜紘くんが離してくれないと、お風呂入れない……」

　少しリビングを離れようとしても、夜紘くんが常に引っ付いてくるし。

「まるでひっつき虫だね」

「……なんとでもいえば？」

「じゃあ、僕もひっつき虫になろうかな」

「叶琳にくっついた瞬間つぶす」

　ま、また物騒なことを……。

「もうふたりで仲良くしてて！　わたしはお風呂入ってくるからね！」

　こうなったら強行突破。

　ケンカするふたりを差し置いて、ダッシュでお風呂へ。

　1時間くらいお風呂でゆっくりして出てみると。

「あわわっ、夜紘くんまって！　わたしまだ髪乾かしてないから！」

「……無理。叶琳が俺を放置したのが悪い」

「ちょっとお風呂入ってただけなのに」

「叶琳と1秒でも離れた瞬間死にそうになる」

「ええ……っ」

「夜紘はもう頭がだいぶやられちゃってるね。叶琳ちゃんも大変だ」

　これはいくらなんでも甘えすぎじゃ……？

　それに陽世くんは口ではいろいろ言ってくるけど、実際には何もしてこないだろうし。

　そこまで警戒する必要もないんじゃ？

「叶琳ちゃんまだ髪濡れてるじゃん。僕が乾かしてあげよっか？」

「……俺がやる。叶琳の髪1本でも触れさせない」

　──で、結局夜紘くんの部屋へ連れていかれまして。

　ソファに座ると、ドライヤーの風がふわっと髪にあたる。

「えっと、ありがとう。髪乾かしてくれて」

「……ん。俺がやりたくてやってるから」

　やっぱり夜紘くんは器用。

　ブラシを使ってすごく丁寧に乾かしてくれる。

　きもちよくて、ボーッとしてると。

「叶琳の髪から俺と同じ匂いすんの興奮する」

「へ……？」

「俺のものって感じがして好き」

　あれ、なんかこれ危険っぽい……？

　変なスイッチ入っちゃったんじゃ。

「それにさ……風呂あがりってなんかエロいよね」

「っ……!?」

「肌が火照って色っぽく見えてさ」

「や、やひろく──」

「……噛みつきたくなる」

　ドライヤーの音が消えて、さらっと髪に触れたあと。

　首筋にかかる髪を少しずらして……うなじのあたりを指でなぞりながら。

「ここ噛んだら……叶琳と俺は番になるんだもんね」

　出会った頃は、まだ陽世くんか夜紘くん、どちらが運命

の番かわからなくて。

　フェロモンが安定してないせいで、どちらにも発情する可能性があったけど。

　でも、本能がわたしの気持ちに連動してるなら。

　きっと……夜紘くんしか求めない。

「陽世にも……誰にも触れさせたくない。俺だけが叶琳に触れたい」

　今までだって、夜紘くんのことばかり欲しくなって。

　もうわたしは、夜紘くんがいないと普通の状態に戻れない……から。

「叶琳が求めていいのは俺だけだよ」

　首筋に触れる程度のキスが落ちて。

　軽く舌でツーッと舐めて、チュッと吸って。

「い、いま噛むの……っ？」

　夜紘くんのこと好きだし、この気持ちはずっと変わらないって思えるけど。

　まだちょっと心の準備ができてない……かも。

　ちょっと怖くなって、夜紘くんの手をキュッと握ると。

　それに応えてくれるみたいに。

「叶琳の心も身体も……ぜんぶ欲しいけど待つよ」

　その手を優しく握り返してくれた。

「叶琳の気持ちが追いつくまで。でもいつか……ぜんぶ俺にちょうだいね」

　身体がふわっとソファに押し倒されて。

　少し熱い瞳をした夜紘くんが艶っぽく笑ってる。

「まあ、でも……俺我慢とか苦手だからね」

　噛むのは止まってくれたけど。

　今にも襲いかかってきそう……っ。

「あのっ、夜紘くんもお風呂……っ」

「……もう我慢できない。叶琳に触れたい」

「ダメ……だよ。このままキスしちゃったら、夜紘くん止まらなくなる……でしょ？」

「……叶琳が意識飛ぶまで求める」

「じゃ、じゃあお風呂入ってからじゃないとダメ」

　人差し指でばってんを作って、キスをブロック。

「んじゃ、そのあとは俺の好きにしていいの？」

「っ、ぅ……ほどほどに……」

「うん、めちゃくちゃにしたい放題ね」

「っ……!?」

「入って秒で出てくるから」

　ばってんを作った人差し指にチュッて軽くキスして、夜紘くんはお風呂へ。

「ふぅ……もうわたしの心臓休まる暇がないよぉ……」

　いったん落ち着こう。

　テーブルに置いてあるペットボトルに手を伸ばして飲んでると。

「……お風呂おわった」

「っ!?」

　え、え!?　まだ入って5分も経ってなくない!?

「もう俺の好きにしていい？」

「ま、まままって!!　髪びしょ濡れだよ!?」

　ぜったいタオルで拭いてないじゃん!

　雫がポタポタ落ちてるし!

「……もう叶琳に触れないと死にそう」

「まっ……んんっ」

「もうたくさん待った。……甘いのちょうだい」

　ベッドに乗りこんで、前のめりで唇を押し付けてくる。

　ちょっと後ろに逃げようとしても。

「……叶琳も唇押し付けて」

「んぅ……」

　後頭部に夜紘くんの手が回って、全然逃がしてくれない。

　身体がピタッと密着してるのもドキドキして。

　夜紘くんの髪から雫がポタッと落ちて。

「ひゃっ……ぅ……」

　鎖骨のあたりに冷たいのが触れて、変な声が出ちゃう。

　それに……いつもよりずっと、夜紘くんが艶っぽくて色っぽい。

「やっ……むり……っ」

「……何が無理?」

「ドキドキして死んじゃう……っ」

　上唇をやわく噛まれて、誘うようにペロッと舌で舐められて。

　身体の内側がジンジンする。

「キス、やだぁ……っ」

「なんで?」

「身体熱くてふわふわする……の」

「……きもちよくて嫌なの？」

「ぅ……っ」

　それになんだろう……っ。

　両想いになってから、前にしてたキスよりもドキドキして刺激が強く感じるの。

「もう力入らない……っ」

「まだやめない。もっと叶琳で満たして」

　甘いクラクラが全身に回ってピリピリする。

「叶琳……舌出して」

「んっ、や……」

　ほんの少し……あけた口をもっとこじあけてきて。

　口の中に熱がグッと入り込んでくる。

「……かわいー」

　夜紘くんに"可愛い"って言われるだけで、身体が反応しちゃう。

「どんだけ求めても足んない」

　身体の熱があがって……キスで熱が少し引いて。

　でもまた熱くなって……それの繰り返し。

「叶琳のぜんぶ……俺でいっぱいにしたい」

　夜紘くんは、加減ってものをまったく知らない。

夜紘くんの独占欲。

　季節は本格的な冬を迎えた。

「あの、陽世くん大丈夫？」

「んー……無理だから叶琳ちゃんが一緒に寝てくれる？」

「……そんなの俺が許可すると思う？」

　なんと陽世くんが寒さに負けて風邪気味っぽい。

「僕これでも病人なんだけどなぁ。もう少しいたわってくれてもいいんじゃない？」

「なら俺が看病してあげよーか？」

「それは遠慮しておくよ。叶琳ちゃんに甘えたいなぁ」

「ありえない。即却下」

「夜紘は彼氏なんだから、もう少し心を広く持たないとね」

「叶琳のことに関しては譲る気ないし」

「心が狭い男は嫌われるよ？」

　陽世くんものすごく体調悪そうなのに。

　こんなふうに言い合いして大丈夫なのかな。

「仕方ない……屋敷に戻るしかないかな」

　結局、陽世くんは風邪が治るまでお屋敷に戻ることに。

　少ししたら迎えの車が来た。

　陽世くんはフラフラ状態。

　さすがにこの状態はやっぱりまずいよね。

　せめて車まで送ってあげないと。

「えっと、陽世くんよかったらわたしにつかまってね」

「大丈夫だよ。ひとりで歩けるからね」

　頬のあたり赤いし、無理して笑ってる。

　ほんとは大丈夫じゃないのに、陽世くんは気を遣って無茶することが多いから。

「……っと」

「あ、危ない……！」

　ほら、言ってるそばから……！

　陽世くんの身体がグラッと倒れかけて、とっさにギュッと支えた。

「あー……やっちゃった。ごめんね」

「陽世くんほんとに大丈夫？」

「うん、平気。それより叶琳ちゃんは自分の心配したほうがいいかもね」

「え？」

　陽世くんの言ってることが、いまいち理解できず。

　それが判明するのは、陽世くんがこの部屋を出ていってから。

　結局、夜紘くんが陽世くんを支えて一緒に車までいってくれた。

　夜紘くんも、なんだかんだ陽世くんを心配して優しいところあるなぁ。

　……って、感心してたんだけど。

　戻ってきた夜紘くんは超絶不機嫌そう。

「あ、あのっ、夜紘くん？」

　わたしの問いかけはスルーで、夜紘くんの部屋に連れて

いかれちゃって。

「や、やひろく──」

「……いま着てるやつぜんぶ脱いで」

「ふぇ!?　な、なんで!?」

「叶琳から陽世の匂いがする」

「え……?」

「嫉妬で気が狂いそうなんだけど」

「そ、そんなに匂いする?」

　自分じゃあんまりわかんないけど。

　夜紘くんが匂いに敏感すぎなんじゃ……。

「ほら、ばんざいして」

「むりむり……っ」

　セーターの裾をまくられて、このままだとほんとに脱が
されちゃう。

「俺も無理。じっとして」

「ひゃ……」

　抵抗むなしく、着ていたものが夜紘くんの手によって脱
がされて。

「キャミソールかわいーじゃん」

「っ、肩のひも引っ張らないで……っ」

　ど、どうしようっ、むり……っ。

　キャミソール1枚だけなんて。

「ま、まって……っ。ほんとに、まって……」

　夜紘くんがどんどん迫ってくる。

　ついにベッドの背もたれにピタッと背中が触れて……逃

げ場なし。

「ふっ……こんな状況で待てると思う？」

「く、首は……ぅ……っ」

　首筋を軽く舌で舐められて、身体がビクッと跳ねちゃう。

　夜紘くんの唇が肌に触れるだけで一瞬で熱くなる。

「ひとつじゃ足りない……もっと」

　首だけにひたすら甘いキスをして、何回されたかわかんないくらい。

　でも、夜紘くんは全然満足してくれない。

「そ、そんな痕残しちゃ……ぅ」

　熱い舌が触れて、やわらかい唇が何度も押し付けられて。

　甘さが全身にめぐって、じっとしていられない。

「叶琳はさ……どこ触ってもかわいー反応するもんね」

　キャミソールの肩ひもがずらされて、今度は肩にたくさんキスが落ちてくる。

「叶琳のぜんぶが俺のだって……噛み痕残したい」

「ぅ……や」

　何度も何度も吸い付いて、少しの痛みを残して。

　どこもかしこも甘さに支配されていっちゃう。

「はぁ……たまんない。ここも噛ませて」

「や……っ、あぅ」

　左胸のあたりにも唇を押し付けて、やわく噛んで。

「……さっきより反応してんね」

「もう、や……っ」

「ほんとに嫌なの？　こんなきもちよさそうにしてんのに」

「っ、ひぁ……」

「身体はこんな素直なのにね」

　全身に甘いキスが落ちて……身体がおかしくなっちゃいそうなのに。

「ここ……触れながらキスされるときもちいい？」

「んんっ、ふ……っ」

　内もものあたりを指先でなぞって……少し力を入れてグッと押したり。

　甘さに耐えられなくて、クラクラする……っ。

「叶琳さ……今すごいエロい顔してんの気づいてる？」

「ふぇ……っ？」

「俺にたくさん触れられて発情しちゃったの？」

　唇にまんべんなく……深くキスをしながら。

　身体に触れる刺激も、ちっとも止まることなく。

「叶琳が満足するまで……たっぷり可愛がってあげる」

＊　＊　＊

　翌日の朝。

「うわ……こ、これ制服で隠せないんじゃ……」

　鏡の前でリボンを結んでたら、首元に真っ赤な痕がちらちら見えてる。

「うぅ……夜紘くん痕残しすぎだよぉ……」

　とりあえず、ブラウスのボタンぜんぶ閉めて髪でうまく隠さないと。

　それに、夜紘くんと付き合い始めたことは、周りにバレちゃいけない気がする。

　学園にいるほとんどの女子の恨（うら）みを買いそうだし……。

　なので、極力夜紘くんとは前と変わらずの距離でいたかったのに。

「ねぇ、あれ見てよ！　夜紘くんと雫野さん距離近すぎない!?」

「前も結構べったりな感じだったけど、今もっとすごいよね？　ほら、ふたりで手なんかつないでさ。夜紘くんずっと雫野さんに抱きついたままじゃん！」

　家でも学園でも、夜紘くんがまったく自重してくれないから困る……!!

　むしろ、甘えたがひどくなってるし、距離感がバグってる……!!

　もう早速、クラスの女の子たちから鋭い視線で見られてるわけで。

「や、夜紘くん近いよ……！　みんな見てる……！」

「叶琳かわいー。ほんと可愛すぎて無理」

「わ、わたしの話聞いてる!?」

「なに、そんなかわいー顔して。俺とキスしたいの？」

「へあ!?」

　むりむり……っ、夜紘くん止まってよぉ……！

　周りの目がすごいって、みんな見てるって!!

　わたしの平穏な学園生活が、どこかにいってしまう！

　そして、恐れていたことが起きてしまった。

　ある日のお昼休み。

　夜紘くんと教室に戻ってくると。

　クラスのリーダー格っぽい女の子のグループに包囲され

ました。

「ねぇ、雫野さんと夜紘くんって付き合ってるの？」

　きました、めちゃくちゃストレートな質問。

　どうやら、わたしじゃなくて夜紘くんに聞いてるっぽい。

　夜紘くんは、こういうの面倒くさがるからスルーしちゃ

うかな。

　そうなると、答えるのは最終的にわたし？

　あれだったら、やんわり否定するのも——。

「……そーだけど」

　ん？　え、いま夜紘くんなんて？

「叶琳は俺の彼女」

　シーンと周りが静まり返った直後。

「「「えー!?」」」

　クラス中にぶわっと悲鳴が響いて。

　これだけでも、もう大変な事態なのに。

　夜紘くんは、さらなる危険な引き金を引くのが得意なよ

うで。

「叶琳は俺のだから手出さないで」

　グイッと腕を引かれて……唇にふわっとやわらかい感触

が落ちてきた。

　何が起きたのかわからず、思考がプシューッと停止。

　目をぱちくりさせるわたしと、満足そうに笑ってる夜紘

くんと。

　そして……。

「「「キャ──!!」」」

　これでもかってくらい、盛大に悲鳴をあげるクラスメイトたちと。

　わたしの平穏な学園生活……終了のお知らせ。

* * *

「わ、わたしもう明日から学校いけない……」

「なんで？」

「もしかしたら、明日わたしの席なくなってるんじゃ……」

　マンションに帰ってきてから、被害妄想(ひがいもうそう)が爆発。

　いや、被害妄想というより、もうこれ実際に起こるかもしれないじゃん……！

　だって、だって、もう確実に学園全体の女子を敵に回したものだよ……。

「夜紘くんが余計なパフォーマンスしちゃうからぁ……」

　女の子たちから非難の嵐なんじゃ……？

　明日仮病(けびょう)使って休もうかな……。

「これで叶琳に近づく男減ったからいーじゃん」

「わたしに恨みを持つ女の子が増えたよ……」

　よくある展開だと、夜紘くんがいないところでヤバそうな体育館裏とかに呼び出されちゃうとかさ……！

「そんな不安にならなくていいと思うけど」

「夜紘くんは女の子の怖さを知らないんだよぉ……」

　笑顔で女の子に囲まれて、夜紘くんと別れてとか言われそうじゃん……。

　もはや集団攻撃は免れないのでは……？

「もし周りから何かされたり言われたら、ちゃんと俺に言って。叶琳を傷つけたり泣かせるやつは許せないから」

　わたしが不安がってると、ちゃんと守ってくれようとして言葉にしてくれる優しいところは変わらない。

「まあ、そんなことにならないように、俺が叶琳を守るつもりだけど」

　どうか明日、何も起こりませんように……！

＊　＊　＊

　──で、翌日。

　恐る恐る登校してみると。

「ねぇ、雫野さん。ちょっといい？」

　ほらぁ……きたよ。

　早速女の子たちに声かけられて囲まれたじゃん……。

　恐れていたことが起きちゃいそうな展開。

「な、なんでしょう？」

「昨日の感じだと、雫野さんと夜紘くんが付き合ってるのはほんとだよね？」

　うっ……これはなんて答えるべき……？

　もういっそ、否定せずに認めたほうがいい？

　ここで変なこと言って、話がややこしいほうに進んでも困るし。

「え、えっと……そう、です」

　はぁぁぁ、言ってしまった……。

　き、きっと今わたしきつく睨まれて――って、あれ？

　女の子たちみんな、すごーく笑顔なのはなぜ……!?

　こ、これはいったい……。

「じゃあ、陽世くんは今フリーってことだよね!?」

「え？」

「夜紘くんは完全に無理だとしても、陽世くんはまだチャンスあるってことでしょ!?」

　み、みんな目が燃えてる。

「夜紘くんはもともと相手にしてもらえそうになかったし！　雫野さんにしか懐いてない感じだったもんね！　まあ、今回ふたりが付き合うのは全然いいよね～！」

「そうそう！　それで陽世くんが少しでもわたしたちを見てくれたらラッキーじゃん？」

「は、はぁ……」

　あれ、これつまり大変なのは。

「もうわたし陽世くん一直線に決めた！　今までは夜紘くんもかっこいいと思って、どちらか選べなかったけど！」

「わたしも陽世くんに絞ることにする～！」

　わたしじゃなくて、陽世くんなのでは？

＊　＊　＊

　そして案の定、その日の夜。

「はぁ……。夜紘が余計な宣言してくれたおかげで、僕が大変なことになってるの知ってる？」

「……叶琳に何かしてくるやつがいなければ問題なしでしょ」

「僕は何もしてないのに、夜紘のせいでとんだとばっちりだよ」

「いーじゃん。陽世は選び放題なんだから、好きに選んで付き合えば」

「そんな簡単に言っちゃダメでしょ。僕の理想は叶琳ちゃんを超える魅力のある子だからね」

「んじゃ、一生無理じゃん」

「うん、だから余計なことしてくれたよねって。どう責任取ってくれるのかな？」

　陽世くん笑いながら怒ってるよ。

　こめかみのあたりに怒りマークが大量発生してる。

　でも、夜紘くんはそんなのお構いなしで。

「毎日叶琳が可愛すぎてつらい」

「ほんと夜紘の眼中には叶琳ちゃんしか映ってないんだね」

「叶琳以外なんも見えない」

「わー、すごい発言。夜紘はもっと自重すること覚えたほうがいいんじゃない？　家でも学校でもイチャイチャしてるところ見せられる僕の身にもなってよ」

「陽世がさっさと出ていかないのが悪いんでしょ」

「仕方ないじゃん？　まだ出ていくようにって理事長……

父さんから連絡来てないんだし」

　まだいちおう3人で住んでるのは変わらず。

　ただ、毎晩わたしが夜紘くんか陽世くん、どちらかを選んで一緒に寝る制度は完全に廃止。

　夜紘くんが彼氏なので、今は毎晩ぜったい夜紘くんの部屋で寝てる。

「早く叶琳とふたりっきりにしてほしい」

「僕が邪魔者ってわけだ？」

「俺が叶琳のこと独占してたら邪魔してくるし」

「それは夜紘が悪いんでしょ？　僕がいるのに、お構いなしに叶琳ちゃんに甘えるし」

「叶琳がかわいーのが悪い」

「え、わたし!?」

「それにさ、夜紘は性格悪いよね。その可愛い叶琳ちゃんを僕から隠すようにイチャイチャするんだから」

「俺以外が叶琳のかわいーとこ見るとか許せない。見たやつ全員即消す」

「わー、ものすごい独占欲だね。夜紘って愛情拗らせすぎてない？」

「……むしろ愛し足りないくらいなんだけど」

　今日も今日とて、夜紘くんからの溺愛は止まることを知らず——。

＊　＊　＊

　それに、夜紘くんはやっぱりものすごく独占欲ってやつ
が強いみたいで。

　ある日の移動教室にて。

　夜紘くんと廊下を歩いてたら、ドジなわたしが転びそう
になっちゃって。

　たまたま目の前にいた男の子のほうに、身体が倒れてし
まい……。

「あわわっ、ごめんない……!!」

　男の子がとっさに受け止めてくれたおかげで、なんとか
転ばずにすんだ。

「え、あ……いや、えっとケガとかしてない?」

「大丈夫ですっ!　すみません、わたしの不注意で……!」

　パッと顔をあげると、男の子がちょっと慌ててる様子。

　どうしたんだろう?

　それに、ちょっと顔が赤いような。

「あの、大丈夫ですか?　顔が少し──わわっ」

「……叶琳いくよ」

　夜紘くんに手を引かれて、その場を離れることに。

　なんだか夜紘くんちょっとだけ機嫌悪そう?

　授業が終わってマンションに帰ってきても、いつもより
口数が少ない。

「夜紘くん?」

「…………」

　む、無言……。

　かと思いきや、優しく触れて抱きしめてきた。

　甘えるようにギュッてして。

「……俺以外がこうやって叶琳に触れるの嫌だった。めちゃくちゃ嫉妬した」

「え？」

「俺だけがいい……叶琳にギュッてできるの」

　うっ……なんかいつもの甘えたに可愛さがプラスされて心臓に悪い……！

「叶琳が転んだとき、相手の男めちゃくちゃ叶琳のこと見てたし」

「そ、そうかな」

　もしかして、ちょっと拗ねてる？

　それにちょっと落ち込んでるみたいで。

「……叶琳が転んだとき、ほんとは俺が先に気づいて助けたかったのに」

　な、なんだろう。

　今日の夜紘くん可愛い……。

　シュンとしながら甘えてくるの貴重な気がする……！

「……叶琳がケガしなくてよかったけど。俺がとっさに動いてたら助けられたのに。ごめん」

「や、夜紘くんは悪くないよ！　わたしの不注意だし！」

　まだ落ち込んでるっぽい。

　そんなに気にしなくて大丈夫なのに。

　夜紘くんは優しいなぁ……。

「……叶琳に触れていいの俺だけ？」

「う、うん。夜紘くんだけ、だよ？」

「他の男に触れさせちゃダメ」

「夜紘くんにしか触れてほしくないのに……」

　わたしから今よりもっとギュッてすると。

　夜紘くんがもっともっと強く抱きしめ返してくれる。

「はぁぁぁ……可愛い、可愛すぎて無理」

「うぇ……？」

「今すぐ叶琳とキスしないと死にそう」

「うぇぇ……!?」

「ほら……もう俺我慢できない」

「な、なっ……んんっ」

　さっきまでの甘えた可愛い夜紘くんはどこへやら。

　噛みつくみたいなキスを何度も繰り返して。

「俺やっぱ叶琳限定で独占欲強いみたい」

「ぅ……」

「あんま俺のこと妬かせないようにね」

　今よりもっと夜紘くんがヤキモチを焼いたら、わたしどうなっちゃうんだろう？

夜紘くんが運命の番。

「いやー、よかった。夜紘と叶琳さんの想いが通じ合った
みたいで。しかも驚いたよ。叶琳さんの初恋の相手が夜紘
だったとは。幼い頃にふたりが会っていたなんてな。その
頃から結ばれる運命だったんだな」

　今日あらためて、夜紘くんと理事長室へ。

　わたしが好きになったのは夜紘くんで、これからもずっ
と夜紘くんと一緒にいたいことを伝えにきた。

「ご報告が遅れてしまってごめんなさい」

「いやいや、叶琳さんの気持ちが固まったみたいでよかっ
たよ。夜紘のことこれからもよろしく頼むね」

　無事に報告できてよかった。

　……って、安心したのはつかの間で。

「叶琳さんと夜紘が正式に番になるには、夜紘が叶琳さん
の首を噛む必要があるな？」

　そういえば、それはいちばん最初に出会ったときに言わ
れたことだ。

　わたしの首筋……うなじのあたりを夜紘くんが噛めば、
番になることができるって話。

「あー、それ急がなきゃダメ？」

「ダメというわけではないが……。叶琳さんの気持ちは夜
紘にあっても、本能が陽世を求めることがこれから先ある
かもしれないだろう？」

　そ、それはたしかにそうかもしれない。

　もともと、わたしの番は夜紘くんか陽世くん、どちらか
わからない状態で。

　本能がどちらを求めるのかは、いまだにわからない。

　たとえ、わたしの気持ちが夜紘くんにあっても、本能が
陽世くんを求めてしまえば──。

　少し不安になって、スカートの裾をキュッとつかむと。

「本能と気持ちが連動してる説あるでしょ。俺はそれを信
じたいと思ってるけどね」

　夜紘くんが、わたしの手をそっと優しく包んだ。

「何も焦らなくていいんじゃない？　俺は叶琳のペースに
合わせたいと思ってるし」

　ほんとは少しだけ怖かった。

　夜紘くんを好きな気持ちは変わらないって思えるけど。

　夜紘くんと番になったら、わたしは夜紘くんなしじゃ普
通の状態に戻れなくなる。

　本能に抗えない関係性──っていうのが、やっぱり
ちょっと怖い気持ちもある。

　だって、もし夜紘くんの気持ちがわたしから離れちゃっ
たら……とか。

　すごく今さらなんだけど、考えだしたらキリがない。

「それに、叶琳は俺しか求めないと思うよ」

「すごい自信だな。ここまではっきり言うとは驚きだよ。
よほど叶琳さんに好かれている自信があるんだな」

「……まあね。叶琳は俺のこと好きで仕方ないだろうし」

「っ!?」

　ちょ、ちょっ……！

　お父さんの前で何恥ずかしいこと言ってるの……!!

「それに、他の男のこと考えさせる隙もないくらい……幸せにするつもりだしね」

「ははっ、すごいな。夜紘がここまで惚れ込んでるとは。それだけ叶琳さんが魅力的な子なんだろうな。ふたりが想い合って幸せになる未来をわたしも望んでいるからね」

　夜紘くんのおかげで、このまま話が丸く収まるかと思いきや。

　夜紘くんのお父さんが、急に爆弾を落としてきた。

「そうだ。結婚式の日取りはどうしようか？　ふたりの新居も考えなくちゃいけないな」

　え、え??

　ちょっとまって……！

　今日は無事に付き合うことになりましたって報告だけなのに。

　結婚式とか新居とか、話が飛びすぎてない!?

「あー、それに関しては急いでいいかもね。叶琳のウェディングドレス姿楽しみすぎる……。それに、早くふたりっきりで生活したいし」

「ま、まって……！　結婚って、わたしたちまだ高校生で！」

「俺は早く叶琳と結婚したいけどね」

「な、なっ……」

「京留叶琳って可愛いじゃん」

「っ!?」
　こ、こんなさらっと言われても困る……！

＊　＊　＊

「いいなぁ、叶琳ちゃんもう結婚するのか〜。あっ、わた
しも結婚式に呼んでね！」
「ちょ、ちょっ、夏波ちゃんまで気が早いよ!!」
「えー、だって夜紘くんのお父さんに挨拶して、結婚式の
日取りとか新居の話とかしたんでしょっ？　もう結婚じゃ
んっ!!」
　お昼休み。
　最近あったことを夏波ちゃんに報告。
　……してたんだけど、夏波ちゃん大興奮。
「け、結婚はまだ早いし!!」
「でもでも、夜紘くんは叶琳ちゃんを手離す気ないんじゃ
ないかな〜？　だって、夜紘くんって叶琳ちゃんしか見て
ないっていうか、他にまったく興味ないのがあからさまに
態度に出てるじゃん！」
「ど、どうなんだろう」
「叶琳ちゃんはもっと自信持ちなよ〜！　せっかく彼女に
なれたんだからさっ！」
　いまだに彼女になった実感があんまりなくて。
　ほんとにわたしが夜紘くんの彼女でいいのかな……。
　だって、夜紘くんモテるし、わたし以外でも選び放題っ

ていうか。

　それを夏波ちゃんに言うと。

「叶琳ちゃんはネガティブすぎだよ!!　そんなに不安なら
もっと夜紘くんに甘えてみなよ!　叶琳ちゃんが甘えたら
夜紘くんたまらないと思うよ〜!」

「甘えるのは夜紘くんが専門のような……」

「んー、もう!　それが逆転しちゃってもいいんだよ!
彼氏である夜紘くんに、唯一甘えられる特権があるのは彼
女の叶琳ちゃんだけなんだから〜!」

　甘える……かぁ。

　普段は夜紘くんが甘えてばかりで、わたしは恥ずかしく
て逃げてばかり。

　夜紘くんは何も言ってこないけど、あんまり可愛くない
態度取ってたら飽きられちゃう……?

　さらにそれに追い打ちをかけるような出来事が発生。

　休み時間、偶然聞こえてしまった女の子たちの会話。

「夜紘くんって相変わらずかっこいいよね〜。あんなイケ
メンの彼女になってみたいわ〜」

「でもたしか彼女いるんじゃなかった?」

「あー、同じクラスの子だっけ?」

　ひぇぇ……なんか中に入りづらい……。

　だって、これ間接的にわたしが話題になってるじゃん。

　扉のノブに手をかけたまま、中に入ることができず。

　女の子たちは、もちろんわたしがいるなんて気づかず。

「なんかパッとしない子じゃない?　そもそも夜紘くんが

ハイスペックすぎてさ〜。釣り合うのとか相当の美女じゃ
ないと厳しくない？」

　あぁ、その言葉グサッと刺さるよ……。

「夜紘くんの隣に並ぶのって勇気いるよね〜。それにさ、
彼女になれたとしてもすぐ飽きられそうじゃん？　夜紘く
んの彼女になりたい子なんて山ほどいるわけだし」

「たしかに〜。いまだに夜紘くん狙ってる子たくさんいる
もんね」

「彼女がいたって関係なくない？　そんなの奪っちゃえば
いいだけだし〜。積極的にアピールしたら、案外ころっと
今の彼女から乗り換えるかもしれないよね」

　はぁぁ……聞きたくない会話だった。

　夜紘くんがモテるのは、今に始まったことじゃない。

　今はわたしが夜紘くんの彼女だけど。

　夜紘くんの気持ちが他の子に動いちゃえば……彼女は別
の子になる可能性だってあるわけで。

　うぅ……ネガティブモード突入だ……。

　モテる人の彼女って悩みがつきない。

＊　＊　＊

　その日の夜。

　今日陽世くんは、お父さんの仕事を手伝うためにマン
ションに帰ってこない。

　だから夜紘くんとふたりっきり。

「ねー、叶琳」

「わっ、な、なに？」

　ソファでくつろいでたら、夜紘くんが横からギュッてしてきた。

　猫みたいにすり寄ってきて、甘えてくる夜紘くん。

「……叶琳に触れるの好き。ずっとこうしてたい」

　夜紘くんは天性の甘え上手だと思う。

　これだけでわたしの心臓はドキドキだよ。

　そして、そんなこんなで寝る時間に。

　いつも通り夜紘くんとベッドに入るんだけど。

「叶琳？　どーしたの、クッション抱えて」

　甘えたい気持ちと、恥ずかしい気持ちが葛藤中。

　クッションをむぎゅっと抱きつぶして、ベッドのそばに突っ立ってると。

　夜紘くんが不思議そうに首を傾げてる。

「おいで叶琳」

　これは甘えるチャンスなのでは……？

　ベッドに入って、自分からギュッと抱きついた。

「……叶琳が甘えてくるの珍しいじゃん」

「甘えるの、ダメ……？」

「可愛いから大歓迎だし、もっと甘えてほしい」

　わたしのぜんぶを優しく包み込んで、とことん甘えさせてくれる。

　普段甘えてばかりの夜紘くんだけど、包容力もあるんだなぁ……。

「なんかあった？」

「ううん……何もない……よ」

　優しい夜紘くんに、もっと甘えたくなる。

　いつもなら恥ずかしくてできないことも、今は流れのままにできちゃいそうで。

「……叶琳、顔あげて？」

「え？　……んっ」

　ふわっと唇が重なった。

　いつもより優しい触れ方……。

　少し触れたら離れて、またギュッてしてくれる。

　たぶん……わたしの不安に気づいてる。

　でも、ぜったい強引に聞いてこない。

　わたしがうまく話せるまで待ってくれてるんだ。

　夜紘くんはいつもそう。

　誰よりもわたしに優しくて、気にかけてくれて。

　だから、不安にならなくていいのに。

「夜紘くん……わたしのこと好き……？」

　つい優しさに甘えちゃった……。

　ストレートすぎるし、突然聞かれても困るよね。

　それに、こういうこと聞かれるの面倒だよね。

　言ったあとに、めちゃくちゃ後悔……。

「や、やっぱり今のなし──」

「……好き。死ぬほど好き」

「へ……？」

「好きだけじゃ足りない。叶琳のぜんぶが愛おしくてたま

んない」

「っ……」

「俺さ、叶琳しか見てないよ。叶琳さえいてくれたら、他
のことなんてぜんぶどうでもいいし」

　夜紘くんは、いつもわたしが欲しい言葉をくれるから。

「俺の叶琳への気持ちあんま舐めないほうがいいよ。叶琳
が思ってる以上に、俺は叶琳のことでいっぱいだし」

「夜紘くんモテる、から……ちょっと不安になっちゃって」

「叶琳が不安になるなら、いつだって何度だって俺の気持
ち伝えるよ。それくらい俺の気持ちは叶琳にしか向いてな
いから」

　気づいたら胸にあった不安がぜんぶ消えて。

　夜紘くんに愛されてることを知って、幸せな気持ちで
いっぱい。

　わたしやっぱり単純すぎるかな。

＊　＊　＊

　今日は夜紘くんのお父さんと、夜紘くんと陽世くんとホ
テルで食事をすることに。

「夜紘さ、叶琳ちゃんにくっつきすぎじゃない？　もっと
場をわきまえなよ」

「……叶琳に甘えられるの俺の特権だし」

「はいはい、そういう彼氏アピールはもうたくさんだから。
叶琳ちゃんも大変だねー、こんなひっつき虫が彼氏で」

「陽世も夜紘も、食事中くらいおとなしくしたらどうだ？叶琳さんも困ってるだろう？」

　お父さんもふたりを見て呆れ気味。

「僕はおとなしくしてるけどね。夜紘が自重してないだけでしょ？」

「……ってか、そもそもこの会食になんで陽世がいんの？俺と叶琳ふたりでいいんだけど」

　わたしの隣には甘えてくる夜紘くん。

　真正面には不機嫌だけど、にこにこ笑ってる陽世くん。

　またバチバチなケンカが始まりそう……。

「ほら、ふたりともいい加減にしないか。食事中にそんな言い合いをするのはやめなさい。陽世は夜紘を煽るようなことを言うな。夜紘はもう少し場をわきまえて行動することだ」

　いつもふたりが言い合いを始めちゃうと、わたしが止めても聞かないから。

　こんな感じで4人での会食はあっという間。

　本来なら3人でマンションに帰る予定だったんだけど。

　ここのホテルは、夜紘くんのお父さんが会食でよく使うところでもあるらしく。

　ホテルの方の厚意で、特別に最上階の部屋を用意してもらえた。

　そこにわたしと夜紘くんが泊まることに。

　カードキーを受け取って、夜紘くんと部屋へ。

「な、なんか泊まるのって緊張しちゃう……ね」

「……なんで？ いつも同じ部屋で寝てんじゃん」

「そ、そうだけど……！」

　なんかこう……雰囲気だけが先走ってる感じがする。

「わぁぁ……こ、こんな広い部屋にふたりで泊まっていいのかな」

　今日の夜泊まるだけなんて、もったいないくらい。

「たまにはいいんじゃない？ 普段こういうところに泊まる機会あんまないし」

「そ、そうだね！ あっ、お風呂から花の匂いがする！」

「……アロマとかじゃない？」

「すごいっ……！ お風呂入るの楽しみ！」

「んじゃ、俺と一緒に入る？」

「は、入らない……!!」

「今の流れ的に一緒に入る感じだったじゃん」

　一緒にお風呂なんて、レベル高すぎて無理……っ！

「んじゃ、叶琳が先に入っておいで」

「う、うん」

　バスルーム全体がローズの香りに包まれてる。

　きもちよくて長湯しちゃいそう。

　でも、あんまりゆっくりしてるとのぼせちゃうから。

　アロマの匂いを楽しみながら、身体もぽかぽか。

　バスルームから出ると、夜紘くんはベッドで横になっていた。

「やひろくーん。お待たせ」

「……叶琳バラの匂いすんね」

　うぅ……首のあたりに近づかれると、くすぐったい。

「俺もシャワー浴びてこよーかな」

「う、うん」

「ほんとは叶琳と一緒がよかったけど」

「む、むりです……!!」

　夜紘くんは、フッと軽く笑ってバスルームへ。

　そうだ、髪を乾かさないと。

「えっと、ドライヤーは……あっ、あった」

　ベッドのそばのソファで髪を乾かして、夜紘くんが出て
くるのを待つことに。

　そして、ちょうど髪が乾いたころ。

「……かーりん」

「わっ……!　び、びっくりしたっ」

　後ろからいきなり夜紘くんが抱きついてきた。

　夜紘くんからも、ふわっとローズの香りがする。

「叶琳に触れたすぎて限界」

「へ……わっ」

　そのままお姫様抱っこでベッドのほうへ。

　えっ、うわ……まって。

　夜紘くん今日はいつにも増してセクシーすぎない……?

「叶琳?」

「あわわっ、ぅ……」

　バスローブ姿に、髪もしっとり濡れてるのが、色っぽさ
を掻き立ててる。

　変なの……見慣れてるはずなのに。

　妙にドキドキしちゃう。

「か、髪……乾かさなくていいの？」

「……今は叶琳に触れたい」

　夜紘くんの瞳……いつもより何倍も熱っぽい。

　それに……ちょっと余裕がなさそうに見えるのは気のせい？

「はぁ……やば。叶琳の甘い匂いにクラクラする」

　耳元に落ちてくる甘い声。

　ささやかれる誘惑に、心臓がキュッて縮まる。

　それに、身体の奥がちょっとずつ熱くなる感覚。

「このまま叶琳のぜんぶ……欲しくなる」

「っ……」

「愛したくてたまんない」

　何か衝動を抑えるように、グッと我慢してる夜紘くん。

　このままキスしたら……今日は止まらない気がするの。

　キスできそうな距離なのに、なかなか唇が触れない。

「やひろ、くん……？」

　この距離感が、だんだんもどかしくなる。

　触れたいのに、触れたら止まらなくなりそうで。

　もしかしたら、夜紘くんもそんな状態なの……？

「今これ以上叶琳に触れたら……止まんなくなりそう」

「と、止まらなくて……いい、よ」

　夜紘くんに触れたい気持ちがぶわっとあふれて。

　気づいたら、自分から夜紘くんの首筋に腕を回してた。

「っ……俺の理性もう限界なのに」

「や、夜紘くんには、たくさん大切にしてもらった……から」

　きっと、夜紘くんはわたしを想って我慢してくれたり、わたしのペースに合わせてくれてたから。

「……そんなかわいーこと言って。知らないよ、もう俺我慢とかできない」

「っ……」

「今日の夜は寝かせてあげない……ひと晩中ずっと愛してあげるから」

　甘いキスが唇に落ちた瞬間、熱が身体中に伝染していく。

　触れただけのキスが、どんどん深くなって。

　頭の芯からぜんぶ溶けちゃいそう……。

「やば……可愛い。もっと……もっとしよ」

「ん……ぅ」

　キスだけで意識がもっていかれそうで、ふわふわして。

　身体に触れられるたびに、自分じゃないみたいな声が漏れて。

　聞かれたくないのに、うまく抑えられない。

「……今だけ夜紘って呼んで」

「や……できない……っ」

　恥ずかしさもぜんぶ熱に呑まれて。

　甘く誘惑されたら、もう何も考えられない。

「叶琳……呼んで」

「っ……」

　ずるい……そんな甘くおねだりするの。

　押し寄せる甘い熱が、冷静な理性をぜんぶ奪っていっ

ちゅうせい……にしたい。

「や……ひろ」

　これはぜんぶ熱のせい。

　ごまかすように、自分から夜紘くんの唇にキスした。

「っ、言わせたの俺だけど。破壊力やばすぎ、無理……」

「んんっ」

　お返しのキスは、わたしがしたのよりも激しくて甘い。

　それにさっきから、夜紘くんが何度もわたしの首筋を舌で舐めたり軽く吸ったりしてる。

　でも、ぜったい噛まないように、どこかでグッとこらえてくれて。

　今ここで夜紘くんがわたしの首を噛んだら──わたしと夜紘くんは番になる。

　最初は少し怖い気持ちもあったけど。

　今こうして、わたしを大切にしてくれてるのが十分伝わった。

　それに、夜紘くんを想う気持ちはずっと変わらないって思えるから。

「く、首……噛んで、いいよ……っ」

「……今それ言うのずるいね」

「っ……？」

「理性ぶっ飛んでんのに……もう抑えきかないよ」

　夜紘くんの息が首元にかかるだけで、体温がグッとあがって息が荒くなる。

　まるで、本能的に何かを求めてるみたい……。

「はぁ……っ。甘い匂いすごいね」

「あ……っ、ぅ」

「叶琳のぜんぶが……やっと俺のになるんだ」

　首筋を強く噛まれた瞬間……ピリッと強い痛みが走る。

　同時に喉のあたりがヒュッとして、一瞬呼吸の仕方を忘れるほど。

　目の前もチカチカして、耐えられない……っ。

「叶琳……ちゃんと息吸って」

「は……っ、ぅ……」

　身体中の血液が沸騰してるみたいに熱くて。

　触れられると、とっても強い刺激が身体に流れて。

　意識が飛びそうで、チカチカしたり、真っ白になりかけたり……。

　今まで感じたことない感覚が怖い……っ。

「やひろ、くん……っ」

　だけど、夜紘くんがこれでもかってくらい優しいから。

「……いいよ、俺の手もっと強く握って」

　痛みの波がグッとくると、つながれてる手に力が入っちゃう。

　熱に支配されて、もう何も考えられない……っ。

「……もっと俺に身体あずけて」

「ぅ……、んん」

　痛みもぜんぶ……甘いキスで消してくれる。

　触れてくる手も、身体中に落ちてくるキスも――ぜんぶ優しくて甘い。

「叶琳……好きだよ。一生俺のそばにいて」

「わたしも、好き……だいすき……っ」

　甘くて幸せな一夜。

可愛さぜんぶ独占したい。〜夜紘side〜

やっと……やっと手に入れた。

すやすや眠ってる叶琳の頬に、そっと優しく触れる。

疲れてしまったのか、今は起きる気配がまったくない。

少し無理をさせたかもしれない。

さっきまで叶琳の甘さに溺れて抜け出せないまま。

叶琳の意識が飛ぶまで、ずっとずっと求め続けてた。

「やっと俺のものになった」

ここまで本当に長かった気がする。

叶琳は俺の初恋の相手でもあり、家の決まり事で結ばれるかもしれない番でもあった。

昔から父親には、俺と陽世には将来的に結ばれる子がいる……ということだけ聞かされていた。

まさか、それが叶琳だということは知らずに。

幼い頃からずっと、俺は自分にも他人にも興味関心がなかった。

というか、自分の過ごす毎日が退屈だった。

つまらない鳥かごのような場所で、家柄にふさわしい教育を受けて。

双子の兄として生まれた陽世と常に比較される日々。

俺は自分がいちばんになりたいとか、そういうのなんもなかったから。

陽世が優秀なら、それでいいじゃんって。

　別に俺は周りからの評価なんてどうでもいいし。

　だから、俺の中身はいつも空っぽ。

　自分のことも、周りのこともぜんぶ無関心。

　感情的になったところで、何も得られるものないし。

　そんな俺のつまらない毎日は、とある女の子と出会ってから少しずつ変化した。

　その女の子は俺と違って感情豊かで。

　ただ、いつも寂しそうにしてた。

　当時の俺の周りには、叶琳みたいな子がいなかったから。

　みんな大人の言うことを聞いて、家柄や学力で優劣をつけられるような世界。

　自分の感情を殺して、大人の機嫌をうかがってばかり。

　だからこそ、叶琳みたいな感情がはっきりしてる子が珍しくて興味がわいて。

　自分でも不思議なくらい、叶琳のそばにいたいって自然と思うようになってた。

　常に息苦しさを感じていた俺にとって、叶琳と過ごす時間はすごく落ち着いた。

　一緒にいるだけで気持ちが楽になる……叶琳は俺にとってそういう存在だった。

　俺が叶琳を好きになったのは、純粋に叶琳の魅力に惹かれたから。

　番だからとか、そういうのぜんぶ抜きにして。

　ただ……叶琳と何気ない時間を過ごせる日は、そう長くは続かなかった。

　俺が海外に行ったことで、叶琳とは完全に疎遠状態になった。

　しょせん、幼い頃の初恋の相手。

　気持ちなんか自然となくなるものだと思ってた。

　だけど、俺の心の中にはずっと叶琳の存在が残っていて。

　忘れることができず、再会することもできないまま……俺は日本に帰ってきた。

　そのとき、正式に父親に告げられた。

　俺と陽世が16歳になる誕生日に──運命の番である相手と顔を合わせることを。

　正直どうでもよかったし、しきたりなんか信じてもいなかった。

　そして迎えた誕生日──16歳になった叶琳と再会した。

　顔を見た瞬間すぐにわかった。

　あぁ、この子がずっと俺が会いたかった子だって。

　まさかこんなかたちで再会するなんて、夢にも思っていなかった。

　同時に、この運命がなければよかったと思った。

　昔からの言い伝えが本当なら、叶琳と結ばれるのは俺か陽世になる。

　もし、叶琳が本能的に陽世を求めたら。

　たとえ叶琳の気持ちが俺に向いたとしても、本能が求める陽世と結ばれることになるから。

　それもあって、叶琳には再会したときに幼い頃のことを言えなかった。

　叶琳はフェロモンが覚醒したばかりなのもあって、俺と陽世どちらにも発情する可能性があった。

　もし、陽世に発情した場合、叶琳は陽世のキスじゃないと普通の状態に戻れなくなる。

　もちろん俺に発情した場合も同じ。

　ただ……陽世が叶琳に触れるのだけは避けたかった。

　直感でわかった……陽世が叶琳を気に入ったことが。

　陽世は誰にでも愛想はいいし、誰に対しても平等な態度を取るタイプ。

　だから、陽世が誰かに本気になったり、入れ込むところなんか見たことない。

　そんな陽世が叶琳に惹かれ始めているのは、すぐにわかった。

　俺と同じように、叶琳の魅力に惹かれて手に入れようとしてるのが。

　今までずっと他人に無関心だった自分が、はじめて誰かを取られたくないと思った瞬間だった。

　だから……今こうして叶琳と想いが通じ合って、心も身体も手に入れることができて。

「……今の俺幸せすぎる」

　これから先もずっと幸せにしたいと思えるのは、生涯でたったひとり——叶琳だけ。

＊　＊　＊

　迎えた翌朝。

　正直あんまり眠れなかった。

　叶琳は疲れたのか、一度も目を覚ますことないまま。

「ん……やひろ、くん……」

　なに今の可愛い寝言。

　無意識に俺の名前呼ぶとか狙ってんの……？

「叶琳」

　お返しに名前を呼ぶと、さらにギュッと抱きついてくる。

　あー、自分が危険なことしてんのわかってんのかな。

　無防備すぎるにもほどがある。

　……やわらかいのあたってるし。

　このまま寝かせておくのまずい気しかしない。

「叶琳。あんま可愛いことすると襲うよ」

「……ん、ん……？」

　少しずつ意識が戻ってきたのか、ゆっくりまぶたが開かれた。

「あ、やひろくん……おはよ」

　目をこすりながら、まだ眠そうにしてる。

　しかも、いま自分がどれだけ無防備な格好してんのか気づいてないし。

「……呼び方戻ってんね」

「え……？」

「昨日の夜は夜紘って呼んでくれてたのに」

「……？」

　あぁ、キョトンとしてる顔も死ぬほど可愛い。

　寝ぼけてボーッとしてさ。

　今なら俺が何しても抵抗しなさそう。

「昨日あんな甘くて激しい夜だったのにね」

「え、あ、え？」

「忘れたならもういっかいする？」

「っ……!?」

　どうやら思い出したのか、慌てて布団を頭からかぶっちゃったし。

「ねー、叶琳。隠れてないで顔見せてよ」

「ぅ、むりむり……っ」

「ぜんぶ思い出した？」

「うぅぅ……恥ずかしくてむり……っ」

　完全にいつもの叶琳に戻ってる。

　これは落ち着くまで俺とは目も合わせてくれなさそう。

　おまけに、ベッドから脱出しようとしてるし。

「きゃっ、ぅ……立てない……」

　案の定、脚に力が入らないのか立てない様子。

　叶琳がいるほうに回りこんで、目線を合わせると。

「っ……!!　なんで、夜紘くん上に何も着てないの……！」

　ベッドに座り込んだまま、顔真っ赤にしてんの可愛すぎない？

「叶琳だって何も着てな——」

「わぁぁぁ、言わないで……!!」

「もういいじゃん。昨日ぜんぶ見たよ」

「うぅぅ……それ言わないで……！」

　叶琳のやわらかい肌に触れただけで、昨日の夜のことが鮮明によみがえってくる。

　甘い声で俺を求めてくるところも。

　切なそうに俺の名前を呼ぶところも。

　小さな身体で俺を受け止めようとしてくれたところも。

　ぜんぶが愛おしくて、昨日あんなに求めたのにもう欲しくなる。

「チェックアウトまでまだ時間あるからさ」

「っ!?」

「時間の許す限り……甘いことしよーね」

　叶琳の可愛さは、いつだって無限大。

＊　＊　＊

　学校での授業は死ぬほどつまんない。

　もはや俺が学校に来てんのは、叶琳と一緒にいたいから。

　叶琳は可愛いから、変な虫が寄ってこないか常に心配が絶えない。

　とくに、いちばん身近に危険人物……陽世がいるから気が抜けない。

　けど、敵は意外なところからやってきたりする。

「かーりんちゃんっ!!」

「わわっ、夏波ちゃんどうしたの?」

　突然叶琳に抱きついてきたクラスメイト。

　たしか叶琳が仲良くしてる子だっけ?

「んー、今ね叶琳ちゃんにギュッてしたくてね！ 思わず
飛びついちゃったっ！」

　あーあ。叶琳は俺のなのに。

　なんで俺以外のやつに抱きつくの許してんの。

「か、夏波ちゃん可愛すぎるよ！」

　叶琳のほうが可愛すぎるでしょ。

　その可愛さ俺以外に振りまいてどーすんの。

「えー、叶琳ちゃんのほうが可愛いっ！ それにね、叶琳
ちゃんにギュッてするの好きなんだぁ！」

「わ、わたしも好きだよ！」

「わー、じゃあ両想いだぁ！」

　いやいや、叶琳と両想いなの俺だし。

　俺のほうが叶琳のこと好きだし、叶琳の可愛いところた
くさん知ってるし。

　ってか、俺の叶琳にそんなベタベタ引っ付かないでほし
いんだけど。

　叶琳も可愛い顔して笑ってさ。

　じっと叶琳を見てたら、偶然なのか抱きついてるクラス
メイトと目が合った。

「ひっ……！ 叶琳ちゃんどうしよう怖いよぉ!!」

「え、どうしたの？」

「や、夜紘くんがものすごい形相でわたしを睨んでるの!!」

　俺におびえてるのか、スッと叶琳の後ろに隠れてビビっ
てるし。

「ほ、ほんとだ。夜紘くん顔怖いよ！」

「……どこが？」

「夏波ちゃんが怖がってるよ！」

「知らない。ってか、俺の叶琳にずっと抱きついてるとか いい度胸してるよね」

　さらにじっと睨むと、かなり俺を怖がってるのか。

「ひぃぃ……！　わ、わたしだって叶琳ちゃんのこと好き だし、叶琳ちゃんと仲良くしたいもん！」

　おびえながら対抗してきてるし。

　しかも、俺に見せつけるように、さらに叶琳にべったり してる。

「へぇ……。んじゃ、いいよ。叶琳は帰ったら覚悟しなよ」

「か、覚悟？」

「たっぷり可愛がってあげるから」

「っ……！！」

　これ冗談じゃなくて本気だから。

　嫌ってくらい可愛がって愛さないと、俺の気がすまない。

＊　＊　＊

　やっとつまらない授業が終わって、叶琳と帰ってきた。

「や、夜紘くん今日どうしたの？」

「……何が？」

「なんかいつもよりギュッてする時間が長いような」

「んー……うわがき」

　さらに抱きついて、叶琳の胸に顔を埋めると。

　わかりやすく身体をピクッと震わせて、俺の肩に置いてる手にギュッと力を入れてる。

「うぅ……そこに顔埋めないでよぉ……っ」

　相変わらず心臓の音すごいし。

　いつももっと恥ずかしいことしてんのにね。

「恥ずかしくて心臓壊れちゃう……っ」

　はぁ、可愛い。ほんと可愛い。

　これ無意識に煽ってんの？

　無自覚とかタチ悪い。

「俺はただ叶琳にギュッてしてるだけなのに？」

「やぁ……っ、ぅ」

　あー……ほんと無理。

　こんな声聞いてさ、抑えられるやついる？

　叶琳の可愛い声を聞けば、俺の理性が崩れるまではほんの一瞬。

「ねー、叶琳。それ誘ってんの？」

　頬真っ赤にして、瞳うるうるさせて。

　甘い声で俺の理性ぜんぶ奪っていこうとして。

「誘ってない……っ。夜紘くんが触るからぁ……」

　抵抗してんだろうけど、むしろ逆効果。

　さらに叶琳に触れたい欲が抑えられなくなる。

「俺のせいにするんだ？　感じてるのは叶琳なのに」

「ぅ……もう離して……」

　恥ずかしそうにしてる姿にすら欲情してる。

　可愛い、もっと見たい、もっと俺でいっぱいにしたい。

　叶琳の両手をベッドに押さえつけて、ただ真上から見てるだけ。

　直接触れなくても、叶琳はこれだけでさらに顔を真っ赤にする。

「……叶琳。俺から目そらしちゃダメ」

「っ……恥ずかしい……」

「ちゃんと俺のこと見て。目閉じたらお仕置きね」

　俺の言うこと聞いてる従順な姿も、たまらなく可愛い。

　けどさ、そんな可愛いことされたら俺もイジワルしたくなるわけで。

「んっ……ひぁ……」

　キスしながら叶琳の弱いところを攻めると、合っていた目線がパッとそれた。

「目そらしたね」

「んっ……だって、今のは夜紘くんが……っ」

「俺がどうしたの？」

「ぅ、やっ……ん」

　身体をよじらせて、うまく逃げようとしてるけど逃がしてあげない。

「叶琳の弱いとこ、たくさん攻めてあげよっか」

「や……まっ……て」

「……またない。弱いとこ攻められて感じちゃう可愛い叶琳見せて」

　耳元でささやいて耳たぶを軽く甘噛みすると、可愛い甘い声が漏れて。

　鎖骨のあたりにキスすると、肩がピクッと揺れて。

「叶琳はここがいちばん弱いもんね」

「っ、うぁ……」

　太ももの内側……内ももを軽く指で押すと、叶琳の身体はわかりやすいくらい反応する。

「……叶琳の身体は敏感だもんね。どこ触ってもかわいー声漏れてるし」

「や……だっ……。聞かないで……っ」

「なんで？」

「へ、変な声……だから」

「どこが？　こんなかわいーのに」

「ひゃぁ……」

　刺激を強くしたり弱くしたり。

　もう叶琳の身体は俺をかなり欲してるはず。

　肌は火照って、息もさっきより荒くなってるし。

　普段の叶琳も可愛いけど。

　発情して、いつもより艶っぽい欲しがってる叶琳もたまらなく可愛い。

「はぁ……っ、ぅ……やひろ、くん……」

　あー、たまんなく可愛い……その物欲しそうな顔。

　身体の熱が分散しない中、俺から与えられる刺激がピタッと止まったせい。

「……もどかしい？　俺に触れてもらえなくて」

「っ、身体が熱い……の」

「じゃあ、可愛くおねだりして。俺にどうしてほしいのか」

　もっと俺が欲しいって、甘えて求めてほしい。

　叶琳が可愛くねだってくる姿を想像しただけで、めちゃくちゃ興奮する。

　でも、叶琳はなかなか口にしてくれない。

「……かーりん。欲しくないの？」

「っ……」

　言葉にするのはまだ恥ずかしいのか。

　上目遣いで俺を見て、俺の指先をキュッと握ってきた。

「……そんなかわいーことすんの反則だよね」

　叶琳がねだるよりも先に、俺の理性が限界。

　しかもさ、叶琳はこういうこと無意識にやってくるからずるいよね。

　もはや計算なのか疑いたくなるレベル。

「俺の理性ぶち壊して、めちゃくちゃにキスされたいんだ？」

「んぅ……」

　理性が限界を迎えて、自分の欲を叶琳の唇にぶつけた。

　小さくてやわらかい唇。

　……たまんない、ずっと触れてたい。

「ん……はぁ……っ」

　キスの最中に漏れてる甘い吐息も、簡単に俺の理性を崩していく。

　余裕なんて言葉、叶琳に触れたらぜんぶ飛んでいく。

「叶琳、もっと口あけて」

　指先で叶琳の唇に触れて、グッと口をあけさせると。

「ふぁ……っ」

　さっきよりも可愛い声が漏れて、俺にされるがままに
なってんの。

「……俺にだけもっと聞かせて。可愛い声」

「ぅ……ん」

　さらに深くキスをして、叶琳の口の中に熱をグッと入れ
ると。

「……かわいー。もっと絡めて」

　無意識なのか、俺に応えようとする仕草（しぐさ）にさらに興奮し
て治まりそうにない。

＊　＊　＊

　俺が叶琳の可愛さに振り回される日々は続く。

　とある休みの日、叶琳の姿が見当たらなくて部屋中を探
すと。

「……なんだ、こんなとこにいたんだ」

　俺のベッドで眠る叶琳を見つけた。

　眠りが深いのか、俺が近づいても起きる気配はない。

「叶琳」

「…………」

　名前を呼んでも、返ってくるのはきもちよさそうな寝息
だけ。

「……ほんと可愛い。今すぐ抱きつぶしたくなる」

　本音と理性の葛藤。

さすがに寝てる相手に手は出さないけど。

叶琳のさらっとした髪に触れると。

「ん……ん……？」

少し肌に触れたのもあって、ピクッと肩が揺れてる。

起きそうにないかと思いきや。

「やひろ、くん……？」

まぶたがゆっくり開いて、大きな瞳をぱちぱちさせてる。

はぁ……寝起きでこの可愛さってどうなってんの。

「えへへ……やひろくんだぁ……」

へにゃっと笑ってる姿が、俺の心臓にグサッと刺さる。

まって、可愛すぎる。

さらに今日の叶琳は大胆で。

「やひろくん、ギュッてして……っ」

頬をぷくっと膨らませて、両手を広げて待ってるし。

なにこの普段と違う甘えたな叶琳。

いつもより幼いような感じもするし。

「ん、おいで」

叶琳がここまで積極的なの珍しい。

「えへへっ、夢の中だから夜紘くんに甘え放題だ～」

あぁ、これ寝ぼけてるってこと？

そうじゃなきゃ、恥ずかしがり屋の叶琳がこんな大胆な
ことするわけないか。

「夢の中でしか甘えてくれないの？」

「だってだって、恥ずかしいもん」

ちょっと幼い話し方する叶琳も新鮮で可愛い。

「俺はたくさん甘えてほしいのに」

「むりぃ……」

　とか言って、今はめちゃくちゃ甘えてるくせに。

　俺の身体に頬をすり寄せて、とどめの一撃は死ぬほど可愛い上目遣い。

「やひろくんにギュッてしてもらうの好き……っ」

　もうこれ俺の心臓を止めにきてんのかな。

　彼女にこんなこと言われて、我慢できるヤツいる？

「このままずっと夢の中で夜紘くんに甘えたいなぁ」

　別に夢の中だけじゃなくて、普段からもっと甘えてくれたらいいのに。

　そろそろ目を覚ましてもらわないと俺も限界。

「うひゃっ、にゃにするの……っ」

「早く夢の世界から出してあげようと思って」

「ほっぺひっぱらにゃいで……っ」

　叶琳ってどこ触ってもやわらかい。

「ふにゃ……ぅ」

　可愛さに振り回されてる俺の身にもなって。

「叶琳が目覚ますまで、ずっと口塞いでてあげる」

「へ……んんっ」

　息する隙なんか与えてあげない。

　苦しがっても、離してってお願いされても今は聞いてあげない。

　俺を振り回した叶琳が悪いんだよ。

「おかしくなるくらいまでキスしてあげる」

　欲しがるまでとことん攻めて、甘く溶かして。

　キスを深くすると、次第に叶琳の目がどんどん見開いて。

「ふぇ……!?　あれっ、わたし夢見てて……」

「夢より俺とのキスに集中して」

「ん……んんっ」

　叶琳が散々煽ってくるせいで、俺の理性はいつも崩されっぱなし。

* 　* 　*

「夜紘さ、もう少し楽しそうにしてくれてもいいんじゃない?　せっかく久しぶりの僕とのデートなんだからさ」

「……デートとか何言ってんの。陽世は相変わらず頭おかしいから相手にしたくない」

「わー、冷たいなぁ。ってか、頭おかしいのは夜紘も一緒でしょ?」

「……は?　陽世ほどじゃないし」

「それは嘘だね。叶琳ちゃんが絡むと、夜紘の頭のおかしさにかなうやついないよ?」

「…………」

「否定しないんだ?　夜紘の叶琳ちゃんへの愛は変わらずに異常だもんね」

「チッ……今すぐ帰る」

「まあまあ、そんな短気(たんき)なこと言わないでよ」

　なぜか放課後、陽世の買い物に付き合わされるはめに

なった。

　叶琳は偶然教室にいなくて、帰るの遅くなるってメッセージは入れておいた。

　ってか、陽世の付き合いで時間つぶれるとかほんと勘弁なんだけど。

　こんなことしてる暇あるなら、叶琳と一緒にいたいし。

「あ、いま叶琳ちゃんのこと考えてたでしょ？」

「今じゃなくても、いつも考えてるし」

「ははっ、ほんと性格変わったよね？　昔は他人に興味なんかまったく示さなかったのにね」

「……叶琳は特別。ってか、今の俺から叶琳がいなくなるとか考えられないし」

　もし、叶琳が俺のそばを離れるようなことになったら、俺はきっと正気じゃいられない。

　それくらい、俺にとって特別で手離したくない……ずっと大切にしたい子。

「叶琳ちゃんの番が僕だったら、面白い展開になってたのにね？」

「……今さら何言ってんの。陽世の腹黒さも昔から全然変わってない」

「えー、僕のどこが腹黒いのかな？」

　なんも悪いことしてないって顔して笑ってるタイプが、いちばんタチ悪いと思うの俺だけ？

　陽世は敵に回したら結構……いや、かなりヤバいタイプだろうし。

「……ってか、早く買い物終わらせてくんない？」

「まあ、そうせかさないでよ。ずっと使ってた香水がなくなっちゃってさ。同じもの欲しいんだけど、売ってないみたいなんだよね」

　さっさと決めてくれたらいいけど、決まる気配ないし。

「ねー、夜紘。ちょっと手首貸して？」

　手首に甘ったるい香水がシュッと吹きかけられた。

　うわ……これ匂いきつ……。

「これは甘すぎるよねー」

「……なんで俺の手首に吹きかけんの」

「えー、だって僕はもういろんな香水試しちゃったからさ。夜紘の手首で試すしかないじゃん？」

　はぁ……なんか余計な匂いつけられたし。

　仕方なくつけられた香水を手首になじませて、軽く首筋にもつけた。

　こうでもしないと、甘ったるい匂いが手首にずっと残り続けるし。

　陽世は優柔不断なところがあるから、決まるまでかなり時間がかかりそう。

　だから叶琳に連絡しようとしたら。

「……最悪。スマホ電池切れてるし」

　はぁ……もうさっさと帰りたい。

　叶琳の顔が見たい、声が聞きたい。

　ほんの数時間、叶琳の顔を見てないだけで会いたくて仕方ない。

　頭の中は常に叶琳のことでいっぱい。

　店内をぶらっと歩いてると。

　ふと視界に入ってきた、透明のガラスの瓶に入った香水。

　あー、こういうの叶琳が好きそう。

　デザインが叶琳の好みっぽくて、匂いも叶琳に合いそうなジャスミンの香り。

　そういえば、少し前に香水欲しがってたっけ？

　ただ、自分に合う匂いがわからないからって、買うの躊躇してた。

　昔から他人が言ってたこととか興味なくて、覚える気もなかったけど。

　叶琳が話した内容はきちんと覚えてるあたり、相当叶琳に夢中なんだなって。

　この香水をプレゼントしたら……って、想像しただけで自然と口元がゆるむ。

　叶琳のよろこぶ顔が見たくて、急いでマンションに帰ってきた。

「あっ、夜紘くんおかえり……っ！」

「……ごめん、帰るの遅くなって」

　俺のところに駆け寄ってきて、控えめにギュッてしてくるの可愛すぎる……。

　俺もやっと叶琳に触れられる。

　華奢な身体を抱きしめ返すと。

「遅くなるって連絡くれてたから平気！　えっと、どこか出かけてたの？」

「あー、じつは──」

　陽世の買い物に付き合わされてたって言おうとしたら。

　叶琳が急に肩をビクッと震わせた。

「……叶琳？」

　俺の腕の中でただ身を小さくするだけで、返事をしてくれない。

　心配になって少し無理やり叶琳の顔を覗き込むと。

「っ……」

　さっきまでの笑顔が、急に不安そうな顔に変わってた。

　え、まって。

　なんで泣きそうな顔してる？

「叶琳？　どうしたの？」

「いつもの夜紘くん……じゃない……」

　ん？　それってどういうこと？

　いつもの俺じゃないって？

　今日の俺いつもと違うところあったっけ？

　頭をひねっても、まったく思いつきそうにない。

　いや、でも叶琳が泣きそうってことは、俺が何かしたのかもしれないし。

　珍しく自分の中に焦りの感情が芽生える。

　叶琳が不安そうにしてると、心臓が騒がしくなる。

「わ、わたしの知らない夜紘くんになってる……っ」

　ついに叶琳の大きな瞳から涙がポロッと落ちた。

「まって叶琳。何が不安で泣いてる？　俺にもわかるように教えて」

　焦る気持ちと、怖がらせないようにしたい気持ちと。

　叶琳といると、自分がいままで経験したことない感情に襲われて、自分らしくいられなくなる。

「甘い……女の子みたいな匂いがする……」

　……甘い匂い？

　あー、もしかして陽世に吹きかけられた香水のせい？

「わたしに飽きちゃって、他の女の子と会ってたの……？」

　これが叶琳を不安にさせてたなんて。

　ちゃんと陽世と出かけるって言うべきだった。

　言葉足らずな俺が悪かった。

「叶琳、ごめん。不安にさせて」

「っ……？」

「この匂いは香水吹きかけられたせい。ついでに、今日出かけてた相手は陽世ね」

「え……。陽世くんと出かけてたの……？」

「そーだよ。買い物付き合ってただけ」

　ってか、不謹慎かもしれないけど、叶琳が俺のことを想って不安になるの可愛すぎない？

　泣いちゃうくらい、俺でいっぱいってことでしょ？

「い、いつもの夜紘くんと違う匂いしたから、不安になっちゃって……っ」

　不安になる必要なんか、これっぽっちもないのにね。

　今の俺の世界には叶琳しか映ってないんだから。

　叶琳さえそばにいてくれたら、それ以外は何もいらない。

「……不安にさせてごめん。けど、俺が叶琳以外の女の子

と会ったりすると思う？」

「うぅ……だって、夜紘くんモテるから。好意を寄せてる
女の子たくさんいるし、アタックされちゃったら……とか
いろいろ考えちゃうの……」

「……叶琳の可愛さが俺のぜんぶ崩しにきてる」

「え、え？」

　叶琳がよろこぶ顔が見たくて、香水プレゼントしようと
思ったけど。

　また明日でいっか。

　今は叶琳の可愛さでいっぱいだから。

「可愛すぎてほんと無理」

「わ、わたし真剣に悩んでるのに……っ」

「うん、わかってるんだけどさ。可愛すぎて今すぐめちゃ
くちゃにキスしたい」

「へ……っ」

　涙目でびっくりしながらキョトンとしてる顔も、可愛す
ぎて心臓に悪い。

「俺の叶琳への気持ちがまだ伝わってないってことだ？」

　いいじゃん、それならたっぷり愛してあげるからさ。

「不安にならないくらい──叶琳の身体ぜんぶに刻んであ
げる」

「ふぇ……んんっ」

　小さな唇で俺の欲を受け止める姿にすら、クラッとして。

　キスのときに漏れる吐息も甘い声も、ぜんぶ俺だけのも
のにしたい。

「こんな愛おしくてたまんないの叶琳だけだよ」

「んっ、ぅ……」

「何も不安になる必要ないくらい──俺のぜんぶは叶琳のもの」

　どれだけキスして求めても足りない。

　愛しても愛し足りないくらい……今よりもっと深く叶琳を愛したい。

「だから叶琳も……俺のことだけ考えて、一生俺だけのものでいて」

　きっと俺はこれから先も、いつだって叶琳の可愛さに溺れてる。

　もちろん一生叶琳を手離す気ないから……覚悟してもらわないとね。

双子との同居は続きます？

　ある日の放課後。

　突然、行き先も告げられず車に乗せられて、夜紘くんと陽世くんとどこかへ行くことに。

「今日楽しみだね。僕としては叶琳ちゃんとふたりっきりがよかったんだけどな」

「……陽世はついてこなくてよかったし」

「えー、いいじゃん。せっかくの機会なんだから、３人で楽しもうよ」

「あのっ、夜紘くん陽世くん！　今からどこに行くのでしょうか！」

「とびきり可愛い叶琳ちゃんが見られるところ？」

「そ、それじゃわかんないよ！」

「あっ、それか僕とイチャイチャできるところかな？」

「……は？　それ誰の許可取ってんの？」

「えー、許可いる？」

「彼氏である俺が許可してないんだけど」

「まあまあ、細かいことは気にせずにさ。夜紘だって可愛い叶琳ちゃんを見られるの楽しみでしょ？」

　ふたりの会話を聞いても、どこに行くのかさっぱりわからず。

　到着した場所は、とある撮影スタジオのようなところ。

　中に入ると、衣装がずらーっと並んでる。

「ええっと、ここは？」

「3人で写真を撮ろうと思ってね。ここ貸し切りで予約したんだよ」

「そ、そうなの？」

「……ほんとは俺と叶琳で撮る予定だったのに。陽世が無理やり乱入してきた」

「人聞きの悪いこと言っちゃダメだよ。どうせなら、3人で仲良く撮ったほうが楽しいでしょ？」

　てっきり記念撮影的な感じで、制服のまま撮るのかと思いきや。

　わたしだけ別室に連れていかれ……。

　女の人たち3人がかりで、髪型やらメイクやらぜんぶすませたあと。

「な、なんでドレス!?」

　なぜか真っ白のドレスに着替えさせられて。

「わぁ、叶琳ちゃん可愛いね。本物のお姫様みたいだ？」

　陽世くんは真っ白、夜紘くんは真っ黒のタキシードに身を包んでる。

　ふたりともスタイルがいいから似合いすぎてる。

　どこかの国の王子様かと思ったよ。

　……って、それはさておき！

「こ、これはいったいどういう状況で……」

「僕のお嫁さんってことで、今すぐ僕と結婚しよっか？」

「……陽世はなに寝ぼけたこと言ってんの？　叶琳と結婚するのは俺」

「叶琳ちゃんの気持ちが変わることだってあるかもしれないもんね？　今から僕が予約しておくのもありだよね？」

「やっぱ陽世は連れてこなきゃよかった。めちゃくちゃ邪魔。今すぐ消えてほしい」

　……で、結局3人で写真を撮ることに。

　3人が座れるくらいのソファが用意されてて。

　わたしが真ん中で、左に陽世くん右に夜紘くんがいる。

「陽世さ、もっと叶琳から離れたら？」

「3人で撮るんだから、僕だけ離れてるのは不自然でしょ？」

「そのままフレームアウトして」

「夜紘ってほんと口悪いよね。ほら僕と手つなごうね、叶琳ちゃん？」

「ひゃっ、え？」

　左手が陽世くんにスッと取られて、そのまま手の甲にキスされちゃうし。

　それを見た夜紘くんが、めちゃくちゃ怒ってる……。

「叶琳。手貸して」

「夜紘くんまでつなぐの!?」

「当たり前でしょ。叶琳の彼氏は俺だし」

　右手が夜紘くんに取られて。

　両手が完全に塞がっちゃった。

「3人とも仲良しでいいですね〜！　それじゃ、とりあえずこのまま撮りますか！」

　カメラマンさんにそう言われて、撮影がスタート。

　正直こういうの慣れてないから緊張してるのに。

　ふたりはというと。

「このまま叶琳ちゃんのほっぺにキスするのもありだよね」

「なしに決まってんでしょ。俺がするならいいけど」

「いいじゃん、撮影の思い出としてさ？」

「叶琳に手出そうとする魂胆がまる見えすぎ」

　相変わらずバチバチにケンカしてる……。

　なのに、ふたりともカメラのほうはちゃんと見てる。

「ってか、陽世はいつになったら今いる部屋から出ていくわけ？　さっさと俺と叶琳ふたりにしてほしいんだけど」

「マンションが見つかるまでは仕方ないよね」

「だったら屋敷に戻ればいーじゃん」

「ほら、屋敷からだと学校通いにくいからさ？」

「車で送り迎えしてもらえば？　出ていく気さらさらないくせに」

「まあまあ、細かいことは気にせずにね？　これからも3人仲良くしようよ？」

「叶琳に触れたら即消す」

「じゃあ、不可抗力を狙おうかな」

「……今すぐ地下に埋められたいの？」

　ふたりの間にいるわたしの身にもなってよぉ……。

　そのままふたりの言い合いは止まることなく。

「ところでさ、夜紘と叶琳ちゃんが将来結婚して、子どもができたら誰に似るんだろうね？」

　ま、またなんて会話を……。

　写真撮ってる最中（さいちゅう）ってわかってるのかな!?

「僕に似たりしてね？」

「……は？　俺と叶琳の子どもなんだから、陽世に似るわけないでしょ」

「わかんないよ？　僕と夜紘は双子なんだし。もしかしたらって可能性もあるよね？」

「……陽世は俺を煽んのが好きなの？」

「ううん、そんなことないよ？　ほら、ちゃんとカメラ見ないと。夜紘さっきから顔怖いよ？」

　そんなこんなで、何枚か写真を撮ってもらい──。

　これで終わりかと思いきや。

「……今から叶琳だけの写真も撮るから」

「え!?　わたしひとりの写真はいいよ！」

「よくないよ。僕たちが見たいんだよ？」

「陽世は見なくていい。俺が叶琳のドレス姿独占する」

「あー、それはずるいよ。そこは平等にしないと」

　──で、結局わたしだけドレスを変えて、撮影してもらうことになったんだけど。

　ここでも問題発生。

「ふ、ふたりともドレス選びすぎ!!　そんなに着れないよ！」

　ふたりともドレスを5着くらい持ってきて、ぜんぶわたしに着せようとしてる。

「えー、だって叶琳ちゃんに似合うものが多いから。夜紘がドレスの数減らしなよ」

「……は？　ってか、陽世は引っ込んでたら？　叶琳の彼氏は俺なんだから、俺が選ぶ権利あるでしょ」

「彼氏だったらもう少し余裕もったらいいのに」

「陽世はもっと遠慮ってものを覚えたら？」

　うぅ、これじゃらちが明かない。

　スタッフさんもカメラマンさんも、ふたりを見て苦笑いしてるし。

　結局、ふたりがそれぞれ1着ずつ選ぶことに。

　陽世くんのリクエストは、淡いピンクのドレス。

　夜紘くんのリクエストは、真っ白のさっきと形が違うドレス。

　ドレスに合わせて髪型とか、アクセサリーとかぜんぶ変えてもらって。

　カメラマンさんに撮ってもらう前に、夜紘くんと陽世くんふたりしてスマホのカメラを向けてくる。

「叶琳が天使にしか見えない……可愛すぎ」

「このままさらっちゃいたいなぁ。もう可愛いしか出てこないね」

「うぅ……ふたりともいい加減撮るのやめてよぉ……」

　ふたりの"可愛い"の連呼が止まらなくて、言われてるこっちが恥ずかしいよ……！

　カメラマンさんに撮ってもらってるときも、ふたりはずーっとわたしから目を離さないし。

　撮り終えた写真はデータでもらえるみたい。

　3人で撮ったものと、わたしだけが撮ったものの中で、

よかったものをいくつか選ぶんだけど。

「あ、この叶琳ちゃんも可愛いね。あぁ、この笑った顔も可愛いなぁ」

「ってか、どの叶琳も可愛すぎるから写真ぜんぶ俺が買う」

「あー、ずるい。じゃあ、僕もぜんぶ買おうかな」

「何枚か選ぶだけでいいよぉ……」

　結局、写真選びも夜紘くんと陽世くんが中心。

　わたしがそんなに何枚もいらないって言っても。

「ダメ。可愛い叶琳の写真は何枚もいる」

「そうだね。僕も夜紘に賛成かな」

　ふたりとも断固として反対。

　こういうときだけ息ぴったり。

　結局、わたしひとりの写真をたくさんデータで送ってもらうことに。

「はぁ……俺の叶琳が可愛すぎて無理」

「ははっ、夜紘はほんとに叶琳ちゃんがだいすきだね」

「やっぱ実物がいちばん可愛いけど」

「僕の前で惚気ないでよ、ムカつくなぁ」

　３人で帰ってきた今も、夜紘くんと陽世くんはずっとスマホを見てる。

　早速、写真のデータが届いたみたい。

「どの叶琳ちゃんも可愛いからぜんぶ保存しちゃったよ」

「……なんで陽世が保存してんの。俺が保存するならわかるけど」

「えー、いいじゃん。僕にもデータ送られてきてるわけだし」

「俺だけに送ってもらうように頼んだはずだけど」

「えー、なんのことかなぁ？」

「チッ……勝手に手回してんじゃん」

　わたしの写真なんか何枚もいらないし、保存もしなくていいのに。

「僕のカメラロール叶琳ちゃんの写真でいっぱいだ」

「陽世が寝てる間に俺がぜんぶ削除する」

「安心して。データは別に移しておくから」

「……抜かりなさすぎてムカつく」

　もう……ふたりとも揃ったらケンカばっかり。

　お互い口が達者だから、止めに入らなかったら永遠に言い合いしてそう。

　この際、ふたりは放っておこう。

　あと、今回3人で撮った写真を1枚だけ写真立てに入れて飾ることに。

　3人で撮った写真をあらためて見ると、いろいろあったなぁ……と。

　振り返りだしたらキリがないけど。

　これからも3人での思い出が増えていくのかな。

　出会った頃は、ふたりと一緒に暮らすなんて想像もできなくて。

　ふたりのどちらかが、わたしにとって運命の番だって言われたときは理解できなかったし。

　流れのまま3人で生活することになっちゃうし。

　ハプニングは多いし、ふたりはケンカばっかりするし。

でも、今はそれが当たり前になってるのかな。

夜紘くんと想いが通じ合った今も、こうして３人でいる日常はあまり変わってなくて。

陽世くんの想いに、応えることはできなかったけれど……。

優しい陽世くんは、いつもわたしの背中を押してくれた。

それに……夜紘くんにはこれでもかってくらい、たくさん愛してもらえて。

夜紘くんと一緒にいられることがとっても幸せ。

運命の番として出会って結ばれた相手が夜紘くんでよかったって、今なら心からそう思えるの。

好きって気持ちも、本能が求める相手も……きっと今も未来も変わらず夜紘くんだけ。

これからもずっと……こうして思い出を残していけたらいいな。

そう思いながら、写真立てをそっと飾った。

＊End＊

☆ afterword

あとがき

　いつも応援ありがとうございます、みゅーな＊＊です。

　この度は、数ある書籍の中から『甘々イケメンな双子くんから、愛されすぎて困ってます。』をお手に取ってくださり、ありがとうございます。

　皆さまの応援のおかげで、19冊目の出版をさせていただくことができました。本当にありがとうございます……！

　今回この作品を書こうと思ったのは、イケメンから溺愛されるんだったら、それが双子なら２倍楽しいんじゃ？と思ったのがきっかけでした（笑）。

　もともと去年の春頃に書きたいと思っていたんですが、最初は叶琳が夜紘か陽世どちらも選ばない、３人でのハッピーエンドがいいなぁと思っていたり……。

　その当時はメイドシリーズが進行していたので、双子の話は書かずに終わってしまって。

　ですが、今回このタイミングで双子にチャレンジできる機会をいただけたので、双子から溺愛されるシーンをたくさんギュッと詰め込もう……！と思って書きました。

　夜紘×叶琳、陽世×叶琳それぞれの組み合わせで書くのはもちろん、３人でのシーンもたくさん書くことができて、

すごく新鮮で楽しかったです！

　最後になりましたが、この作品に携わってくださった皆さま、本当にありがとうございました。
　前作のメイドシリーズに引き続き、今回もとっても可愛いイラストを描いてくださったイラストレーターのOff様。
　叶琳、夜紘、陽世３人とも本当にイメージ通りに描いていただき、本当に可愛いしか出てこないです……！
　いつもカバーイラストはこだわってお願いしているので、それにすべて応えていただき感謝しかありません……！
　いつも本当にありがとうございます……！
　Off様のイラストがだいすきです……！

　そして応援してくださった読者の皆さま。
　いつもわたしの作品を読んでくださり、本当にありがとうございます……！
　また今年も良いお知らせができるよう、活動を頑張っていこうと思います！

　すべての皆様へ最大級の愛と感謝を込めて。

2023年１月25日　みゅーな＊＊

作・みゅーな**

中部地方在住。4月生まれのおひつじ座。ひとりの時間をこよなく愛するマイペースな自由人。好きなことはとことん頑張る、興味のないことはとことん頑張らないタイプ。無気力男子と甘い溺愛の話が大好き。近刊は『ご主人様は、専属メイドとの甘い時間をご所望です。』シリーズ全3巻など。

絵・Off (オフ)

9月12日生まれ。乙女座。O型。大阪府出身のイラストレーター。柔らかくも切ない人物画タッチが特徴で、主に恋愛のイラスト、漫画を描いている。書籍カバー、CDジャケット、PR漫画などで活躍中。趣味はソーシャルゲーム。

ファンレターのあて先

♥

〒104-0031

東京都中央区京橋1-3-1

八重洲口大栄ビル7F

スターツ出版（株）書籍編集部 気付

みゅーな**先生

KEITAI
SHOUSETSU
BUNKO
野いちご SINCE 2009

甘々イケメンな双子くんから、
愛されすぎて困ってます。
2023年1月25日　初版第1刷発行

著　者　みゅーな＊＊
　　　　©Myuuna 2023

発行人　菊地修一

デザイン　カバー　粟村佳苗（ナルティス）
　　　　　フォーマット　黒門ビリー＆フラミンゴスタジオ

ＤＴＰ　久保田祐子

編　集　中山遥　本間理央

発行所　スターツ出版株式会社
　　　　〒104-0031 東京都中央区京橋1-3-1　八重洲口大栄ビル7F
　　　　出版マーケティンググループ　TEL03-6202-0386
　　　　（ご注文等に関するお問い合わせ）
　　　　https://starts-pub.jp/

印刷所　共同印刷株式会社
Printed in Japan

ISBN　978-4-8137-1382-1　C0193